KB049489

치매니까 잘 부탁합니다

치매니까 잘 부탁합니다

노부토모 나오코 지음
최윤영 옮김

시공사

들어가며

"치매니까 잘 부탁합니다." 2017년 새해, 87세가 된 엄마가 실제로 내게 한 말이다. 자정이 되고 해가 바뀐 순간 새해 복 많이 받으라는 신년 인사와 함께.

"올해는 치매니까 잘 부탁합니다."

TV 다큐멘터리 방송을 제작하는 디렉터로 일한 지 30년쯤 되었다. 각양각색의 사람들을 취재하며 수많은 방송을 만들어왔는데 2016년에는 생각지도 못하게 후지TV 프로그램 〈Mr. 선데이〉 특집 방송에서 나의 부모(현재 98세 아버지, 치매를 앓는 90세 엄마)를 다루었다. 고령의 남편이 아픈 아내를 간병하는 모습을 멀리 떨어져 사는 딸인 내 시점에서 관찰한 내용인데, 시청자들의 반응이 예상보다 뜨거워 시리즈화되었고 그 이후

감독·촬영·내레이션을 맡아 〈치매니까 잘 부탁합니다〉라는 다큐멘터리 영화로까지 이어졌다.

치매에 걸린 엄마의 모습을 영화로 남겨야겠다고 생각했을 때 바로 떠오른 제목이 이 말이었다. 엄마의 성품과 치매라는 병을 모두 나타내고 있어 이보다 적합한 제목은 없었다.

우선 엄마의 성격. 엄마는 예전부터 자학적인 말이나 블랙 유머를 곁들여 주위를 웃게 만드는 사람이었다.

내가 45세에 유방암에 걸렸을 때의 일이다. 부모라면 응당 딸과 함께 애통해하기 마련인데 엄마는 평소처럼 밝은 모습으로 농담을 건네며 나를 웃겼다. 유방 부분절제술로 불안해하는 내게 "이 엄마의 처진 젖가슴이라도 괜찮다면 언제든 줄게"라든지, 항암제 부작용으로 머리칼이 빠지는 내게 "콩트에 자주 나오는 대머리 가발 있잖니, 너 꼭 그거 쓰고 있는 것처럼 보인다"라는 식으로.

그런 의미에서 "올해는 치매니까 잘 부탁합니다"라는 말은 정말이지 엄마다운 유머가 넘치는 '올해의 포부'다.

그리고 치매라는 병. 치매에 걸린 사람은 자신의 병을 자각하지 못할 거라고 생각하는 분들도 있겠지만, 사실 본인이 제일 괴로워한다. 엄마를 오랜 시간 지켜본 경험에서 하는 말이니 틀림없다.

자신이 이상해졌다는 사실은 본인이 제일 잘 알고 있다.

전에는 잘만 하던 것을 왜 못 하는지, 자신은 앞으로 어떻게 되는지, 가족에게 짐이 되는 것은 아닌지. 치매 환자의 마음속은 불안이나 절망으로 가득하다. 엄마 역시 이따금씩 "너한테 짐이구나, 나 그만 죽고 싶다"면서 울기도 했다. 그 누구보다 밝고 뭐든 웃어넘기는 사람이었는데….

엄마에게 그런 말을 들으면 나도 따라 울고 싶어진다. 실제로 초반 몇 년 동안 나는 엄마 걱정에 울기만 했다. 엄마의 치매 영상을 방송으로 처음 만들었던 때가 아마도 내가 가장 우울했던 시기였지 싶다. 부모의 VTR을 내보내고 스튜디오에 출연했는데 지금 그때의 영상을 보면 여윈 데다가 안색까지 별로인 내 모습에 깜짝 놀란다. (뭐, 지금은 몸도 마음도 건강하게 돌아와 살이 너무 쪘다는 말도 듣지만.)

2016년 방송 당시 스튜디오에 함께 출연해준 치매 전문의 이마이 유키미치 선생님은 2년 후 우리 가족의 이야기가 영화로 개봉된 뒤 토크쇼에도 함께 나와주셨는데, 그때 차분히 내게 말했다.

"지금이니 하는 말이지만, 용케 다시 일어섰네요. 그 무렵의 나오코 씨는 어머님과 같이 죽어버릴 듯한 분위기라 애처로워서 뭐라고 말을 건네야 할지 몰랐었지요."

인간은 학습하는 동물임을 최근 몇 년 사이 몸소 체험했다. 엄마의 감정에 질질 끌려 같이 울어봤자 우울해질 뿐 해결되는 일은 없다는 사실을 나 스스로 깨달아갔다.

엄마는 "내가 노망이 났다! 짐만 되고 죽어야지"를 반복하며 한바탕 울부짖느라 체력 소모가 컸는지 기진맥진해서는 자버리는데, 눈을 뜨면 자신이 울고불고 난리를 쳤다는 것은 까맣게 잊고 중립적인 상태로 돌아가 있다. 그러고는 엄마의 절망이 전염되어 울고 있는 내게,

"너, 무슨 일이니? 왜 울고 있어?"

의아한 표정으로 물으며 열심히 달래주는 것이다.

"엄마가 울렸잖아."

내가 따져 물어도 본인은 전혀 기억을 못 한다. 이 정도면 희극이다. 그때 깨달았다, 이건 휘둘릴수록 손해임을. 그 이후로는 엄마가 과격해지면 즉각 "주무세요, 얼른 주무셔"라며 방으로 모셔 재웠다. 나도 한 가지 학습한 것이다.

엄마의 치매 에피소드는 열거하자면 끝이 없다. 그때마다 엄마를 따라 한탄하기 시작하면 쉽사리 비극으로 빠지지만 조금만 이성적으로 바라보면 제법 웃겨서 희극처럼 느껴진다.

"인생은 가까이서 보면 비극이요, 멀리서 보면 희극이다."

희극왕 찰리 채플린의 명언이다. 정말 말 그대로구나, 지금의 나는 통감하고 있다.

일어난 일을 어떻게 느낄지는 자신의 시점을 어디에 두느냐, 어떻게 받아들이느냐에 달렸다. 그렇다면 객관적이고 긍정적인 마음가짐으로 가능한 한 웃으며 즐겁게 살아가는 것이 당연히 좋다. 어떤 일이건 인생은 역시 즐기는 자가 이기는 법이니까. 그런 깨달음 이후 아버지와 나는 엄마의 치매를 소재로 삼아 웃는 일이 늘었다. "엄마가 이런 말을 하더라니까요~" "또 잊어버렸지 뭐예요~" 하는 식으로.

조심성 없다며 눈살을 찌푸리는 사람도 있겠지만, 아버지와 내게 이런 대화는 일상을 즐겁게 보내기 위한 윤활유 같은 것이다. 두 사람의 연대감을 높이는 '집안 얘깃거리'이기도 하다. 엄마도 본디 자학 개그나 블랙 유머를 사랑하던 사람이었으니 스스로를 희생해 가족에게 웃음을 줄 수 있다면 오히려 더없이 흡족해하지 않을까.

엄마의 치매로 싫든 좋든 변할 수밖에 없게 된 우리 가족. 그러나 결코 나쁘지만은 않았구나, 하고 생각할 수 있게 되었을 때 가족의 기록을 영화로 남기고 싶은 마음이 들었다. 딸로서 영상 감독으로서 집에서 일어난 일은 모두 비디오카메라로 기록해왔던 터라 영상은 충분했기 때문이다.

영상을 보는 내내 엄마의 이변에 허둥대기만 할 뿐 아무것도 못 하는 나에 비해 어떤 일에도 동요하지 않고 초연하게 받아들이는 90대 아버지의 모습에 놀랐다. 엄마가 할 수 없게 된 집안일을 자연스레 이어받아 직접 빨래도 하고 요리도 하며, 마침내는 바느질까지. 그것도 마지못해서 하는 게 아니라 콧노래를 불러가며 하는 것이다.

지금껏 칼 한 번 손에 쥔 적 없었는데 위태로운 손놀림으로 엄마가 좋아하는 사과를 깎아주는 아버지.

엄마가 우동이 먹고 싶다 말하면 부리나케 재료를 사 와 만들어주는 아버지.

엄마의 속옷까지 빨며 엄마가 하던 방식 그대로 세탁물을 개는 아버지.

엄마의 기분을 늘 세심히 살피며 아침에 좀처럼 일어나지 않는 엄마에게 짜증 한 번 안 내고, 가끔 일찍 일어난 날이면 "오늘은 일찍 일어났구려, 장하네!" 하고 칭찬해주는 아버지.

촬영을 통해 객관적인 눈으로 상황을 바라보게 되면서 나는 아버지가 '아내가 위기에 빠졌을 때 이 정도로 애쓸 수 있는 좋은 남자'였음을 깨달았다. 그리고 생각했다. 아버지에겐 분명 엄마를 간병하고 있다는 의식은 없을 거라고. 그저 지금껏 그래 왔던 것처럼 엄마와 함께 열심히 하루하루를 살고 있을 뿐이라고.

"네 엄마 몸 상태가 별로다, 내가 할 수 있는 것은 대신해야지. 나이가 들었으니 별수 있나." 아버지는 엄마의 치매를 이런 식으로 자연스럽게 받아들이고 있다. 의외로 멋지네, 아버지!

엄마는 원래 야무진 사람이라 과거에는 아버지에게 의지하는 일이 없었는데 치매에 걸리고 나서는 느슨해진 건지 해방된 건지, 모든 일을 아버지에게 의지한다.

아침에는 이불을 돌돌 만 채로,

"일어나요? 말아요? 어떻게 할까요?"

아버지가 "아침이니 일어나야지"라고 대답하면 손만 쭉 내밀고서는 "그럼 당신이 일으켜줘요~" 이렇게 응석을 부리는데 아버지도 아주 싫지는 않은 모양인지 "어허, 왜 이러나~" 하면서도 엄마 손을 잡아준다. 아이고 참.

이쯤 되면 정말이지 두 사람 사이에 나는 낄 자리가 없다. 어쨌든 두 사람에게는 내가 태어나기 이전부터 이어져온 60년에 달하는 역사가 있으니까.

그리고 또 하나의 발견이 있다. 늙고 치매에 걸려도 여전히 자식인 나를 챙기는 부모의 마음. 90대 후반인 아버지는 내가 보살펴야 하는 연세임에도, 엄마 간병을 위해 본가로 돌아오 겠다는 내게 매번 이렇게 말한다. "내가 건강한 동안에는 내가 네 엄마를 돌보마, 너는 네 일을 해라." 엄마는 치매로 요리를 할 수 없게 되었어도 내가 본가에 올 때마다 "잘 왔다. 저녁은 뭘로 할까? 뭐 먹고 싶니?" 물으며 식사를 챙긴다.

영상을 편집하면서 부모에게 큰 사랑을 받고 있다는 감사함 에 눈물을 흘리는 순간이 많았다. 하지만 생각해보면 이 모든 건 엄마가 치매에 걸렸기 때문이다. 우리 가족에게 엄마의 치 매는 신이 준 선물일지도 모르겠다.

그렇게 완성된 다큐멘터리 영화 〈치매니까 잘 부탁합니다〉 는 2018년 11월에 개봉했다.

처음에는 도쿄의 나카노에 위치한 작은 영화관의 한 관에 서만 상영되었는데 놀랍게도 첫날부터 연일 만원을 이루었 다. 모두 울고 웃고 객석의 열기도 굉장했다! 상영 후 내게 달 려와 "저희 집도…" 하면서 자신의 상황을 고백하는 사람들도 많았다.

그리고 히로시마, 오사카, 나고야, 후쿠오카 등 곳곳에서 영화가 상영되며 지금까지 전국 100관 가까운 영화관과 각지 의 상영회에서 10만 명이 훌쩍 넘는 분들이 우리 집 이야기를 봐주셨다.

이토록 뜨거운 반응을 얻게 된 건 여러분이 이 영화를 자신과 자신의 가족과 겹쳐 봐주셨기 때문이리라. 영화에 나오는 인물은 나의 부모지만 분명 모두가 스크린 너머로 자신의 부모, 자신의 추억, 자신의 미래를 보았을 것이다.

치매, 노인이 노인을 간병하는 노노개호(개호는 간병과 수발을 의미한다-옮긴이), 장거리 간병, 간병으로 인한 퇴사 등 이 모든 문제는 결코 남의 일이 아니다. 2025년에는 일본의 치매 환자가 700만 명을 넘을 것이라 하고, 이는 65세 이상의 고령자 다섯 명 중 한 명이 치매 환자라는 계산이다.

치매는 현재로서 나을 수 있는 병은 아니다. 하지만 치매에 걸렸다고 해서 절망할 필요는 없다. 즐거운 일도 있으니 즐거운 일을 발견하면 된다. 그런 마음을 담아 영화를 만들게 되었고, 영화에 넣지 못한 에피소드가 여전히 많아서 아버지와 엄마의 모습을 책으로도 남겨보자 싶었다.

그러니 잠시 함께해주면 좋겠다. 영화와 마찬가지로 꾸밈없이 있는 그대로를 쓸 생각이다.

우리 가족의 모습을 통해 독자분들이 '나만 힘든 게 아니었네' '앞으로가 걱정이었는데 뭐 어떻게든 되겠지' 하는 생각으로, 어깨의 힘을 조금 빼고 잠시나마 편안해지길 바란다.

나와 나의 부모에게 그 이상의 기쁨은 없을 것이다.

2019년 8월

노부토모 나오코

◇
차
례

1

엄마가 치매에
걸린 것 같다

:
:

엄마, 노부토모 후미코가 치매 진단을 받은 건 2014년 1월 8일.
85세 때의 일이다. 하지만 내가 처음으로 엄마에게서 이상함을
감지한 건 그보다 약 1년 반 전으로 거슬러 올라간다.

　엄마는 내 고향 히로시마현 구레시에서 90대 아버지, 요시
노리와 둘이서 생활하고 있다. 한편 외동딸인 나는 영상 제작

일을 하며 도쿄에서 혼자 생활하는 터라 부모와 떨어져 지냈다. 변화를 처음 느끼게 된 계기는 엄마와의 통화에서였다.

나는 엄마와 워낙 사이가 좋고 웃음 포인트도 같아 수다를 떨면 질리는 법이 없었기에 매일같이 전화를 했다. "오늘 이런 일이 있었는데"를 시작으로 서로의 근황을 공유하며 웃는 것이 대화의 대부분이었다. 그런데 2012년 봄 무렵부터 엄마의 반응이 조금 이상해졌다. 내가 지난번에 했던 이야기를 다음 통화 때 전혀 기억하지 못한다거나 반대로 엄마가 이미 했던 이야기를 다음 통화에서도 처음 이야기하듯 그대로 반복하는 일이 몇 번인가 있었다.

처음에는 나도 "엄마, 그 이야기 저번에 했잖아? 기억 안 나? 에이, 왜 그래~"라고 가볍게 지적했고, 그러면 엄마도 "어머? 그랬니?" 하며 웃었는데….

그런 일이 몇 번 반복되자 더는 '이건 농담으로 끝낼 일이 아니구나' 싶었다. 갈수록 신경이 쓰였지만 엄마가 이상한 대응을 해도 일단은 모르는 척 넘어갔다.

아무래도 엄마가 치매에 걸린 것 같다.

평소에는 1년에 한 번 연말연시에만 본가에 내려가는데, 상황이 이렇다 보니 걱정이 되어 방송 하나를 완성한 시점에 본가를 찾아가기로 했다.

그날이 2012년 6월 4일이다. 그때의 일기가 남아 있다.

보통은 하루 몇 줄 정도로 일기를 짧게 쓰지만 이날부터 한동안은 글이 길었다. 처음으로 직접 목격한 엄마의 이변이 그만큼 내겐 충격적이었다는 의미다. 지금 다시 읽어봐도 당시 내가 느낀 동요가 전해진다.

누군가에게 보여주기에는 부끄러운 글이지만 있는 그대로 옮겨본다.

◦　　　**2012년 6월 4일**
　　　　구례로 내려가는 날, 비행기 안에서 쓴 일기

역시 엄마가 이상하다.

조금 전 "오늘 내려가요" 하고 통화했을 때 확신이 들었다. 내 이야기가 이해되지 않는 모양인지 대답이 모호하다.

분명히 어젯밤 엄마에게 전화를 걸어 "오늘 방송 예정이었던 프로그램이 다음 주로 연기돼서 내일 못 가게 됐어"라고 말했다. 그런데 이후 프로듀서가 "VTR은 이미 완성되어 있으니까 예정대로 집에 갔다 와요" 하기에 오늘 아침 다시 엄마에게 전화를 걸었다.

"예정대로 내려갈 수 있게 됐어. 밤이 되기 전에 도착할 거야."

하지만 엄마는 그 말을 조금도 이해 못 하는 눈치라 나는 같은 말을 몇 번이나 반복해야 했다.

최종적으로는 "아, 그래" 하면서 전화를 끊었지만….

3분쯤 후, 엄마에게서 전화가 왔다.

"너, 온다는 게, 오늘이니?"

아무래도 아버지에게 전달하는 사이 잊어버렸나 보다. 아니, 애초에 몰랐는데 더 이상 내게 다시 물어보지 못하고 전화를 끊은 거였나?

시제가 얽히면 이야기를 이해하지 못한다. 조금만 복잡해져도 이해를 못 한다.

치매의 시작으로, 의심해야 하는 걸까?

。　　　　**2012년 6월 7일**
　　　　　구례 본가에서 쓴 일기

엄마는 똑같은 이야기만 몇 번을 한다. 그것도 '처음부터.'

정말로 그 이야기를 처음으로 말하는 양 '처음부터' 시작한다.

아무튼 지금은 요코네 남편이 죽어서 부의금 1만 엔(약 10만 원)을 냈는데 그 답례품(일본은 조문객에게 조문 답례품을 챙기는 관례가 있다-옮긴이)을 안 줘놓고서는 줬다고 잡아뗀다는 이야기가 한창이다.

자잘한 디테일까지 몇 번을 이야기하면서 분노를 표출한다. 어지간히도 화가 났는지 내가 도쿄에 있는 동안에도 이 이야기를 여러 번 들었는데 여전히 엄마 안에서는 소화가 안 됐는지 매일 떠올리며 이야기한다. 심지어 똑같은 말투로.

"그 여자 치매 아니니?" 하고 묻기까지. 실제로 받았는데 어딘가에 두고서 잊어버린 게 아닐까, 나는 가만히 생각한다. 엄마에게는 도저히 말할 수 없지만.

최근 엄마의 이야기는 누군가 자신을 바보 취급했다거나 남에게 이런 일을 당했다는 내용이 많다. 좀 더 즐거운 이야기를 나눌 수 없을까 싶어 엄마에게 나름대로 말을 골라서 하고는 있지만….

그토록 밝고 즐거운 사람이었는데 어쩌다가 이렇게 피해망상에 시달리게 돼버렸을까.

밤에 아버지에게 "엄마 요즘 이상하지 않아요?" 물으니 아버지도 그렇게 생각하고 있단다.

"전에는 그런 일이 없었는데 자신을 바보 취급한다면서 갑자기 화를 내고 공격적으로 굴어. 아무도 바보 취급 안 한다고 해도 듣지를 않는다."

아버지는 그런 엄마를 크게 걱정했다.

"너도 엄마 상처 주는 말은 하지 마라." 내게 못을 박았다.

"둘만 있어도 괜찮겠어요?" 아버지에게 물으니 아직까지는 괜찮다고 한다. 현재로서는 귀가 상당히 어두운 91세 아버지에게 의지하는 수밖에 없다.

"엄마가 이상하다 싶으면 얘기해요. 도쿄에서 바로 내려올 테니까."

아버지는 알겠다고 대답했다.

씻으려는 아버지와 엄마가 물 온도로 언쟁을 벌이고 있다.

아버지가 설정 온도를 내리는 게 엄마로서는 마음에 들지 않는 것이다. 감기에 걸리니까 45도로 올리라고 우겨댄다.

더운물은 욕조에 이미 받아놨으니 샤워할 때는 40도면 된다고 대답하는 아버지. 실제로 45도의 물은 너무 뜨겁다.

그럼에도 엄마가 양보하지 않자 아버지는 하는 수 없이 "그러면 45도로 해놓고 샤워할 때는 찬물을 섞으리다" 하고는 씻으러 들어갔다.

그런데 잠시 후 욕실 문을 벌컥 열며 아버지에게 여전히 싸움을 걸려는 엄마.

"무슨 짓이야?!"

깜짝 놀란 아버지의 외침. 그야 당연하지. 무방비한 알몸으로 있는데 돌연 쳐들어오면 누구라도 놀라는 법이다.

엄마는 내게 "네 아버지 이상하지 않니?"라며 동의를 구하지만 아니요, 이상한 건 엄마, 당신입니다.

"목욕 정도는 마음대로 하게 놔둬." 내 대답에 엄마는 갑자기 언짢아했다. 자신의 뜻대로 되지 않으면 상대가 자신을 깔본다고 생각해 기분이 상하는 것이다.

이대로라면 함께 사는 아버지가 여간 신경 써야 하는 게 아니다. 아버지의 귀가 잘 안 들린다는 사실이 그나마 위안일까….

∘ **6월 10일**
　　구레로 내려온 지 7일째

엄마의 일거수일투족이 걱정이다. 엄마가 이상한 짓을 하진 않을까 늘 걱정하는 내가 있다. 이상한 짓을 하지 않게 해달라고 기도하는 내가 있다.

엄마가 무언가를 제대로 기억하거나 이해하면 마음이 놓인다.

엄마에게 치매기가 보인다는 것을 나 역시 인정하고 싶지 않은 것이다.

집에 내려와 소름이 돋았던 적이 몇 번이나 있었다.

엄마가 집에 바나나가 없다고 해서 과일 가게에서 사 왔더니 웬걸, 냉장고에 산 지 얼마 안 되는 바나나가 몇 송이나 들어 있던 일. 바나나는 냉장고에 넣으면 까맣게 변색되니 상온에서 보관해야 된다고 내게 알려준 사람이 엄마였는데….

외과에서 처방받은 파스가 뜯어진 상태로 네 팩이나 나와 있던 일. 평소 꼼꼼한 성격이었던 엄마로선 생각할 수도 없는 일이다. 이전의 엄마라면 한 팩을 다 쓰기 전에는 절대 새것을 뜯지 않았다.

최근에는 신문을 전혀 안 읽는다. 활자를 읽고 있는 모습을 본 적이 없다. "신문은 안 읽어?" 물었더니 "뉴스는 텔레비전으로 본다"는 대답이.

가계부도 내가 어릴 때부터 계속 써왔는데 더 이상 안 쓰는 것 같다. 한번은 밤에 계산을 해가면서 가계부에 뭔가를 쓰고 있기에 "가계부 써?" 하고 물었더니 황급히 덮어버렸다.

흘곳 쳐다보니 글씨도 지저분했고 구매한 물건과 가격을 기재한 칸이 뒤죽박죽이었으며 무엇보다 다른 날짜에 쓰고 있는 듯했다. 잽싸게 덮는 바람에 자세히는 못 봤지만.

아무튼 엄마가 자신의 필기 능력이 이상해졌음을 느끼고 있는 건 확실하다. 그렇지 않고서야 그렇게 황급히 숨길까.

잠깐이지만 소일거리 삼아 해오던 친구 회사의 경리 일을 4월에 그만둔 이유가 혹시 계산이 불가능해져서인가? 그만둘 때 "거긴 벌이도 안 되고 월급도 늦게 줘서"라던 엄마의 말을 믿고 있었는데….

어쩌면 서예를 그만둔 2년 전부터, 평소에 해오던 일을 할 수 없게 된 걸까….

그렇다면 내가 엄마의 이변을 늦게 알아차렸나….

엄마의 마음을 생각하니 눈물이 날 것 같다.

자신의 변화는 가계부를 똑바로 못 쓰게 된 스스로가 제일 잘 알 텐데. 하지만 창피해서 누구에게도 들키고 싶지 않았던 거다. 그래서 감추고 싶었고. 상대가 설령 남편과 딸이라 할지라도.

엄마가 무슨 일만 일어나면 "나를 바보 취급한다"고 화를 내게 된 건 자신의 이변을 자각하기 시작했기 때문이 아닐까.

그런 생각이 들기 시작했다.

대체 엄마는 지금 어떤 마음으로 있는 걸까.

긴 일기는 여기서 끝이 났다.

이틀 후 아버지와 의논해 엄마를 병원에 모시고 갔는데 검사 결과 "치매가 아닙니다"라는 결론이 났기 때문이다.

왜 그런 결과가 나온 걸까. 아무래도 엄마를 병원에 데려가는 타이밍이 너무 일렀던 모양이다.

치매 검사는 의사가 당사자에게 '하세가와식 치매 스케일'이라 불리는 테스트를 진행하는 것이 기본인데 엄마는 이 테스트에서 굉장한 노력으로 고득점을 받았다. 반대로 말하자면 본인이 애를 쓰면 고득점을 낼 수 있는 시기에 검사를 받게 한 나의 실수라는 뜻이다.

여기서 잠시 시간을 거슬러 올라가 엄마를 어떻게 설득해서 병원으로 데려갈 수 있었는지부터 이야기해보겠다.

실제로 엄마에게 검사받으러 병원에 가자는 말을 꺼내는 일은 꽤 긴장되었다. 가족에게 그런 말을 듣고 "내가 치매라도 걸렸다는 말이냐!" 화를 내며 병원 방문을 거부했다는 사연을 자주 들었고, 그게 아니더라도 엄마는 원래 자존심이 센 사람이다. 그래서 조심스레 말을 골라가며 물었는데 엄마는 의외로 "그래, 그럼 가볼까" 하고 선뜻 대답했다.

지금 생각하면 본인도 검사를 받고 싶었던 것 같다. 진단 테스트가 있다는 사실은 본인도 알고 있었기에(몇 년 전 초로기[45~60세] 치매 환자와 그 가족의 다큐멘터리 방송을 만든 적이 있는데 그때 환자가 테스트 후 치매 진단을 받는 장면을, 당시 건강했던 엄마는 '딸이 만든 방송'의 관점으로 시청했다), 테스트에 최선을 다해 좋은 결과를 내어 의사로부터 "괜찮습니다. 당신은 치매가 아닙니다"라는 진단을 받고 안심하고 싶었으리라.

그래서 하세가와식 치매 스케일 테스트를 받을 때 엄마는 이상할 정도로 기운이 넘쳤다.

하세가와식 치매 스케일은 1974년 정신과 의사 하세가와 가즈오 선생님이 개발한 '치매 가능성 여부를 선별 검사하는 문진 항목'이다. 사전에 정해진 아홉 가지 질문을 의사가 순서대로 묻고 맞으면 1점, 틀리면 0점으로 계산해 30점 만점에 20점 이하일 경우 치매일 확률이 높다고 진단한다. 지금도 가장 유명한 검사법이니 아는 분들이 많지 않을까.

질문은 '올해는 몇 년도입니까?'로 시작해 '오늘은 몇 월 며

칠, 무슨 요일입니까?' '이곳은 어디인가요?' 하고 인식 장애를
확인하는 문제, '100에서 7을 빼면 얼마일까요?' '거기에서 다
시 7을 빼면 얼마일까요?' 하고 숫자 파악 능력을 확인하는 문
제, 세 단어를 외우게 한 다음 잠시 다른 대화를 주고받은 뒤에
'조금 전 외운 세 단어를 말해보세요' 하고 기억력을 확인하는
문제 등 치매에 걸리면 약해지는 모든 기능을 테스트한다.

엄마는 의사의 질문에 엎어질 듯이 고개를 내밀고서는 아주
잡아먹을 기세로 대답해나갔다. 의아하기까지 한 기운 넘치는
모습으로 집중한 나머지 몸이 점점 달아오르는 게 옆에서도
느껴질 정도였다.

"채소 이름을 생각나는 대로 말해보세요"라는 질문에는,

"무, 당근, 양배추, 양파, 파, 감자, 양상추, 토마토⋯."

"됐습니다." 의사가 중지시킬 때까지 얼추 스무 개 넘게 대
답을 이어갔다. 그리고 엄마는 뛰어나게도 30점 만점에 29점
을 획득했다.

"그 나이에 비해 훌륭합니다."

의사에게 칭찬받은 엄마는 득의만만한 웃음을 띠었다.

뇌 MRI 검사에서도 특별한 이상은 발견되지 않는다는 소견
이었다. 치매의 특징인 해마(학습, 기억, 인식 등을 담당하는 기관)
의 위축은 아직 발견되지 않은 것이다.

결과를 듣고 기뻐하는 엄마의 모습은 굉장했다. 집으로 돌아가는 길에 굳이 오랜 주치의에게 들러 "치매 아니었어요!" 하고 보고했을 정도다. 물론 아버지에게도 자랑스레 보고했다.

"당신도 너도 나를 치매 걸린 늙은이로 여겼지? 그런 일은 없어!"

아버지와 나는 쓴웃음만 지을 뿐이었다.

내가 도쿄로 돌아간 뒤에도 엄마는 틈만 나면 친구들에게,

"나오코가 하도 걱정을 해 치매 검사를 받으러 갔는데 30점 만점에 29점을 받았다니까~. 실수한 그 1점이 어찌나 분하던지."

그렇게 떠들어댄 모양이다. 엄마에게 그 이야기를 들었다는 사람이 꽤 많다. (이렇게 같은 이야기를 몇 번이나 반복한다는 것이 이미 치매 증상입니다만.)

반대로 나와 아버지는 치매가 아니라는 진단 결과가 나오자 어떻게 해야 할지 판단이 안 섰다. 성급하게 엄마를 병원으로 데려간 것이 문제였다. 초로기 치매 환자를 취재한 경험이 있다 보니 치매 초기 증상에 보통 사람보다 민감했던 것 같다.

되돌아보면 이 무렵의 엄마는 치매 전 단계인 '경도인지장애'였다고 생각한다. 하지만 2012년 무렵에는 아직 그 개념을 알지 못했고 경도인지장애에서 치매로의 진행을 막기 위한 예

방법도 딱히 발표된 게 없는 때였다.

　기뻐하는 엄마를 보면서 속으로 '분명히 이상한데' 하고 의심을 품었지만 더 이상 엄마에게 병에 관해 말을 꺼낼 수가 없었다. 결국 치매 진단을 받기 전까지 질질 끌다가 1년 반이 지나버렸다.

2

"내가 이상해져서
안 찍니?"

:

"너, 전에는 비디오카메라로 아버지와 나를 잘만 찍더니 요즘
에는 안 찍는구나. 내가 이상해져서 안 찍니?"

2013년 새해, 나란히 주방에 서 있던 엄마의 뜬금없는 소리
에 깜짝 놀랐다. 전혀 심각한 말투는 아니고 무인지 뭔가를 썰
면서 반농담처럼. '일을 크게 만들고 싶지는 않지만 역시 신경

쓰인다'는 엄마의 절실한 마음이 전해져 가슴이 아릿했다.

"무슨 소리야? 엄마, 이상해졌어?"

내가 평정을 가장해 되묻자 엄마는 "아니다, 됐다"며 쓸쓸하게 웃더니 그 이상은 아무 말도 않고 다른 화제로 돌려버렸다.

그렇다, 엄마의 지적대로 그 무렵의 나는 본가에 와서도 더이상 촬영을 하지 않았다. 엄마에게서 이상한 행동이 눈에 띄기 시작했고 그 모습을 엄마가 열심히 감추고 속이려고 했으니까.

'카메라가 돌아가고 있을 때 혹시 엄마가 실수를 해버리면 더 상처 받지 않을까.' 그런 생각이 들면 두려워져 엄마를 향해 카메라를 들 수 없었다.

내가 가정용 비디오카메라인 소니 핸디캠을 처음 산 건 2000년 12월이다. 당시에는 고가품이라 겨울 보너스로 큰맘 먹고 구매했다. 2001년 새해의, 아직 꼿꼿한 등의 젊은 아버지와 엄마의 영상이 남아 있는 건 그 덕분이다. 개인 카메라를 샀다는 기쁨에 집에 올 때마다 가까이 있는 부모를 시험 삼아 찍었다.

"이 카메라, 내가 샀어요. 굉장하죠?"

그렇게 말하며 처음으로 카메라를 들이댔을 때 부모의 반응은 지금까지도 선명하게 기억에 남아 있다. 두 사람 모두 쑥스러워해 동작이 뻣뻣했고 긴장한 나머지 무슨 말을 해야 할지 정리가 안 돼 갈피를 못 잡는 등 여전히 순수한 모습이었다. 거기에 찍고 있는 나 역시 절망적일 정도로 촬영에 서툴렀다.

그 이후 나는 내려올 때마다 부모의 평범한 생활을 촬영하기 시작했다. 처음에는 굳어 있던 부모도 점차 촬영에 익숙해져 3년이 지나자 "카메라가 있어도 전혀 신경이 안 쓰인다"고 말할 만큼 자연스러워졌다.

여기서 잠깐, 나는 어쩌다 부모가 건강하던 때부터 두 사람의 일상을 비디오로 찍게 된 걸까.

우선 스스로 분명하게 의식하지 않았으나 나를 위해 추억을 남기고 싶었던 것 같다. 나는 외동에 결혼도 안 해서 가족이라고는 달랑 아버지와 엄마뿐인데 두 사람이 세상을 떠나면 나는 어떻게 될까, 그 생각에 정신이 멍해지는 일이 잦았다. 나중에 아버지와 엄마가 떠나고 혼자가 되더라도 영상이 남아 있으면 외로움을 달랠 수 있지 않을까 하는 방어 본능 같은 것이 작용했다고 본다.

두 번째는 굉장히 현실적인 이유인데, 당초 내 촬영 기술이 너무나도 미숙해서 부모를 연습 상대로 삼아 도움을 받았다.

비디오카메라는 사실 업무 때문에 구매한 터라 두 번째 이유가 훨씬 클지 모르겠다. 그 무렵 나는 업무상 필히 비디오카메라를 능숙하게 다루어야 했으니까.

이야기가 조금 벗어나는데, 여기서 잠시 다큐멘터리 디렉터일을 짧게 소개하겠다.

내가 비디오카메라를 구매하기 전인 1990년대 후반 무렵부터 TV 다큐멘터리 취재 현장에는 작은 혁명이 일어났다. 가정용 카메라의 진출이 그것이다. 그전까지만 해도 취재 현장에는 나 같은 디렉터(현장 책임자)와 프로용 카메라를 어깨에 짊어진 카메라맨, 프로용 마이크로 소리를 녹음하는 음향맨, 이렇게 셋이서 한 조로 움직였다. 그런데 기술 혁신으로 가정용 카메라의 성능이 점차 좋아져 화질과 음질 모두 방송 가능한 수준에 이르자 디렉터가 직접 가정용 카메라를 들고 현장에 가는 경우도 생겼다.

이제는 어떤 방송을 만들고 싶은가로 취재 태세가 바뀐다. 나처럼 이른바 '휴먼 다큐멘터리' 전문 디렉터에게는 큰 카메라를 짊어지고 여럿이서 움직이기보다는 디렉터 혼자 가서 이야기를 들으며 소형 카메라로 찍어야 확실히 취재 상대가 긴장하지 않고 자연스러운 모습을 보여주기 마련이다. 그리고 나 혼자 움직여야 경비가 많이 들지 않기 때문에 며칠에 걸친 세밀한 취재가 가능해진다. 취재 상대와도 일대일로 마주할 수 있으니 보다 친밀하고 깊게 어울릴 수 있게 되고… 장점만 떠오른다.

그래서 나도 차츰 디렉터와 촬영을 겸비한 취재 방식으로 작업해나갔고 이왕이면 개인용 카메라를 구입해 늘 곁에 두어야겠다고 생각했다.

그렇다, 내가 2000년에 비디오카메라를 구입한 건 디렉터로서 시대의 흐름을 따라가기 위해서였다.

그러나 그때까지 카메라맨에게 의지만 했지 직접 촬영한 경험이 없었기에 방송에 쓸 만한 영상을 좀처럼 찍지 못했다. 게다가 디렉터의 가장 중요한 업무는 취재 상대의 기분을 꼼꼼하게 살피는 것. 카메라 조작에 일일이 신경 쓰다가는 정말로 중요한 것에 집중을 못 한다. 현장에서 취재 상대에게 모든 신경을 집중할 수 있도록 카메라를 의식하지 않고도 조작할 수 있을 만큼 익혀둬야 했다. 이를 위해서는 오로지 연습하는 수밖에 없다.

그런 내게 아버지와 엄마는 딱 맞는 연습 상대였다. 촬영을 아무리 해도 불평하지 않았고 두 사람 모두 금방 카메라에 적응해 자연스러운 모습으로 있어주니 취재가 능숙해진 기분이 들어 자신감도 붙었다. (이 점에 대해서는 정말로 감사하다.)

  가족 촬영은 매년 약속처럼 내가 본가에 도착한 순간부터 시작되었다. 항상 본가의 한 블록 앞에서 카메라를 꺼내고 녹화 버튼을 누른 다음 집으로 향했다. 도착하면 어린 시절 그때와 변함없는 미닫이 현관문을 드르륵 열고서 한마디. "다녀왔어요~."

  그러면 안쪽에서 엄마의 "왔니~" 하는 목소리가.

  뒤이어 귀가 어두운 아버지가 "무슨 일이야?" 하고 엄마에게 묻는 소리가 들리면 엄마가 답한다. "나오코 왔어요." 내가 현관을 지나 복도로 향하고 엄마는 앞치마에 손을 닦으며 주방에서 나온다.

  "어서 오렴. 잘 왔다. 잘 지냈니?"

  나를 위해 생선조림을 만들어놨나 보다. 주방에서는 달큼한 간장 냄새가 솔솔.

  "배고프지? 밥 금방 되니까 조금만 기다리렴."

  방에서는 아버지가 평소처럼 신문을 읽고 있다. 아, 아버지도 그대로네. 조금 늙었나? 그래도 건강해 보인다.

  "어서 와라. 일찍 왔구나."

  "별일 없었어요?"

"나야 늘 그렇지. 너는 어찌 지냈나?"

이런 느낌으로 나는 계속 촬영했다. 매년 그대로. 그러나….

"내가 이상해져서 안 찍니?"

2013년 새해 엄마에게 그런 질문을 받고서야 나는 깨달았다. 치매가 의심된 이후로 엄마를 찍지 않았다니, 참 무례했구나. 그건 지금의 엄마를 부정하고 있다는 말이 된다. 엄마가 촬영하기 창피한 사람이 된 게 아닌데. 엄마는 엄마일 뿐인데.

그리고 이런 생각도 들었다. 내가 이상해진 게 아닐까? 불안에 사로잡혀 있는 엄마를 안심시키려면 지금껏 해온 대로, 평소처럼 하는 것이 제일일 텐데.

그래서 2013년 나는 다시 부모를 찍기 시작했다. 엄마가 이상한 행동을 해도 지적하거나 탓하지 않고 "아, 그렇구나" 하고 받아들이며, 때로는 모르는 척도 하면서 가능한 한 평소처럼 마주하리라 결심했다.

물론 이때만 해도 그렇게 찍은 영상을 세상에 공개해야겠다는 생각은 조금도 없었다. 영화 〈치매니까 잘 부탁합니다〉는 다양한 우연과 기적이 쌓여 만들어진 작품인데(자세한 이야기는 나중에), 부모의 평범한 과거 영상이 남아 있는 것도 실은 우연의 산물이었음을 알게 되셨으리라.

"부모님을 찍기 시작한 계기가 무엇이었나요?" 이 질문을 정말로 자주 받는데, 그때마다 "제가 개인용 비디오카메라를 샀기 때문입니다. 기대에 부응하는 대답이 아니어서 죄송합니다(웃음)"라고 대답한다.

개중에는 "어떻게 부모님의 젊은 시절 모습이 영상으로 남아 있나요? 그때부터 영화 제작을 염두에 두고 있었나요?"라는 질문을 하는 분도 있는데, 그건 아니다. 내게 그 정도의 예지력은 없다. 앞으로 우리 가족이 엄마의 치매, 노노개호, 장거리 간병, 간병으로 인한 퇴사 등과 같은 현대 일본의 사회 문제를 추출한 듯한 사태에 직면하게 되리라고는 상상도 못 했으니까.

바꿔 말하자면 우리 가족에게 일어난 일은 누구에게나 일어날 가능성이 있다는 말이다. 가족이 늙고 간병하는 일은 누구에게나 찾아온다. 그리고 자신 또한 늙어가고 죽음을 맞이하게 된다. 중요한 건 이 피할 수 없는 운명을 받아들이는 각오와 마음의 자세다.

각오라고 하니 거창해 보이지만 우리 가족이 10년 가까이 걸려 다다른 답(이라기보다 타협안)을 이렇게 기록하여 공유함으로써 한 사람이라도 마음이 편안해질 수 있다면 진심으로 기쁠 것 같다.

지금 절실히 든 생각인데, 비록 우연이었으나 부모의 젊고 기운찬 시절을 찍어두길 정말 잘했다. 두 사람이 활기차게 움직이는 과거 영상과 허리가 굽은 지금의 영상을 비교하여 보면 '사람이 늙어가는 것'의 잔인함과, 반대로 '나이를 먹어가는 것'의 풍요로움, 이 양가의 감정을 느낄 수 있다.

부모의 20년 변천을 영상으로 되돌아보며 나는 이렇게 느낀다. '지금 90대인 두 사람은 살아 있는 것만으로도 고될 테지만 그만큼 삶은 더욱 깊어지고 아름답게 보이는구나.' 내 부모여서 호의적으로 보이는 걸까.

그리고 치매를 앓기 전의 엄마가 어떤 사람이었는지 알 수 있는 영상을 충분히 찍어둔 것도 다행이라 생각한다. 특히 엄마는 2007년 내가 유방암에 걸렸을 때 나를 돌보기 위해 도쿄에 머물며 큰 활약을 한 터라 그때의 영상이 많이 남아 있다.

우울해하는 나를 위로하려 부지런히 농담을 건네며 웃게 해주었고, 본가에 있을 때와 다름없는 음식을 정성껏 만들어주었다. 친구에게 "가슴 도려내고 싶지 않아" 하고 투정하던 내가 자리를 비운 순간 "미안하다, 나오코가 성가신 소리만 해서. 그런 소릴 들으면 너도 곤란할 텐데"라며 대신 친구에게 사과도 해주고. 그럼에도 역시나 딸의 괴로운 마음도 헤아려서 내 앞에서는 입도 뻥긋 안 했다.

수술이 성공했을 때에는 담당의에게 그저 두 손 모아 "고맙습니다" 하면서 눈물을 흘려주었다. 그런 자초지종을 담은 영상에서 나는 이 정도였나 싶을 만큼 꽉 찬 엄마의 사랑을 느꼈다.

치매가 진행되면서 예전의 엄마였다면 상상도 못 할 폭주나 폭언에 내가 혼란을 느끼고 본래의 엄마를 잊어버리게 될 것 같으면 영상 속의 엄마가 언제나 평상심을 찾도록 도와준다. 다정한 마음으로 돌려준다. 언제든 영상 속에서 본래의 엄마를 만날 수 있는 것은 지금 내게 큰 구원이다.

엄마뿐 아니라 치매 환자에게는 모두 저마다 활약하던 옛 시절이 있다. 남을 배려하고 남에게 존경받던 과거가 있다. 치매로 변해버려도 그건 병의 증상일 뿐이지 그 사람 자체가 변해버린 건 아니다.

자, 여기서부터는 2013년 촬영을 재개한 이후 아버지와 엄마와의 나날이다. 한 손에 카메라를 들고 반은 딸, 반은 취재자의 시점으로 있었기(더 정확히 말하자면 딸과 취재자 사이를 오갔기) 때문에 조금은 객관적으로 볼 수 있었던 부모의 변화를 엮어나가겠다.

3

내가 돌아가는 게
좋을까

:
.

2013년에는 엄마가 걱정되어 본가에 세 번 내려왔다. 집안일
은 여전히 엄마가 하고 있었는데 아버지가 내게 불평을 늘어놓
았다.

"음식이 달고 맵다. 입에 딱 맞을 때가 없어."

밥물 맞추기도 어려운지 질었다가 되었다가 가지각색인 모

양이다. 그러나 지적하면 엄마의 기분이 언짢아질 테니 아버지는 별말 없이 먹고 있는 듯했다. 싱거우면 엄마가 안 볼 때 몰래 소금을 뿌린다는데,

"반찬이 너무 짜거나 매울 땐 어떡해요?"

"오늘은 오차즈케(물이나 차, 육수를 만 밥에 간단한 찬거리를 얹어 먹는 것-옮긴이)를 해 먹자고 하면 된다. 매워서 못 먹는 반찬을 뜨끈한 물에 만 밥에 얹어 맛을 중화시키는 게지."

그 말에 나도 모르게 상상이 가서 웃고 말았다. 그리고 이내 슬퍼졌다.

원래 아버지는 그 정도로 엄마에게 마음을 쓰는 사람이 아니어서 음식이 맛이 없으면(애초에 맛이 없는 경우가 거의 없었지만) 엄마에게 분명하게 말을 했는데, 그런 아버지가 마음을 쓰며 묵묵히 참을 만큼 엄마가 '불평할 수 없는 기운'을 내뿜고 있음을 느꼈기 때문이다. 뒤집어 생각하면 그건 엄마의 불안이나 바닥난 자신감의 발로다.

엄마는 원래 요리를 잘하는 데다가 의욕도 넘쳐서 동네 요리 교실에 몇 년이나 다닌 터라 할 수 있는 음식 가짓수도 많았다. 그러나 이 무렵에는 점차 자신이 잘하는 음식만 만들게 되었다. 레시피가 머릿속에 들어 있어 실수하지 않을 자신이 있는 것만. 그 이외에는 겁이 나서 만들지 못하게 된 것이다.

그래서 메뉴는 소고기감자조림, 어묵조림, 생선조림, 이 세 가지를 돌렸다고.

아버지가 오늘도 소고기감자조림이려나 생각하던 어느 날,

"소고기감자조림도 질렸고 때마침 맛도 싱거워서 거기에 카레 가루를 넣어 카레로 만들어봤다."

내게 전화로 말한 적이 있다.

"아버지가 했다고요?"

생각지도 못한 말에 내가 놀라 묻자,

"그 정도는 나도 할 줄 안다."

그러면서 웃었지만 아마 그것이 아버지의 기념적인 첫 요리가 아니었을까 싶다.

그나저나 엄마는 어떻게 생각했을까. 자신의 요리에 손을 대 상처 받지 않았을까. 걱정이 되어 전화를 바꿔달라고 해 물어보니 엄마는 저녁 식사로 카레를 먹은 것조차 잊고 있었다.

"응? 카레였니? 뭔가 다른 걸 먹은 것 같은데."

나는 엄마가 기억을 못 해도 괜찮다는 생각과 동시에 방금 먹은 음식도 기억을 못 하게 되었나 싶어 충격을 받은 기억이 난다.

내가 본가에 내려오면 주방에서 누가 요리의 주도권을 쥘

것인가로 엄마와 나 사이에 조용한 공방전이 시작되었다. 엄마가 건강할 때는 리더는 엄마고 나는 조수였다. 딸에게 맛있는 음식을 해 먹이겠다는 의욕으로 엄마가 주방에 서면 나는 엄마를 도우며 어깨너머로 요리 비결을 배우는 그런 관계였다. 주방은 엄마의 영역으로 엄마의 허락이 없으면 나는 냄비 위치 하나도 바꿀 수 없었다.

하지만 엄마의 치매가 진행되며 아버지를 위해서도 내가 요리를 하는 편이 낫겠다 싶었다. 아버지는 내가 올 때면 "색다른 것 좀 만들어다오" 하며 기대를 담은 눈으로 호소했으니. 그러나 엄마는 말 그대로 주방을 '가로막고' 있었다. 내가 주방에서 뭔가 하려고 하면 "왜 뭐 필요하니? 엄마가 할게"라며 마치 두 팔을 벌려 통행금지를 하듯 좁은 주방에 서서 못 들어오게 한다.

장을 볼 때도 엄마 혼자 가면 사야 될 걸 아예 잊어버리거나 도중에 무엇을 사야 좋을지 헤매게 되어서 나도 따라나선다.

"오늘은 뭐 해 먹을까? 나는 엄마가 해주는 다키코미밥(육수와 고기, 생선, 채소 등을 넣어 지은 밥-옮긴이)이 먹고 싶어."

"그래? 그럼 그러자꾸나."

"다키코미밥은 닭고기랑 유부랑 당근이 빠지면 안 되지~. 당근 집에 없었지?"

이런 식으로 티 나지 않게 보조했다. 그래서 별 문제는 일어나지 않았는데 집에 돌아와서가 문제다.

"내가 할 테니 너는 쉬어라."

엄마가 요리를 주도하려고 해서 내 딴에는 엄마를 앞으로 내세우는 척하면서 엄마에게 채소 썰기를 시켜 정신없게 만들어놓은 다음 그 틈에 맛을 내는 식으로 그때그때 임시방편으로 모면해나갔다. 그런데 의외로 엄마가 눈치를 못 채서 기분 상할 일은 일어나지 않았다.

…고 생각했는데 실은 눈치를 채놓고도 모르는 척했던 건가? 지금에서야 그런 생각이 든다.

엄마는 하루 종일 물건 찾기에 여념이 없어졌다. 옷장 서랍을 열었다가 닫았다가, 수납장 위에 놓여 있는 상자를 아래로 옮기기도 하며 늘 부스럭거렸다.

"뭘 찾는데?"

내가 묻자 어느 날은 건강보험증이었다가 또 어느 날에는 아끼는 손수건으로 바뀌었다. 건강보험증은 엄마가 의심스러워지고부터는 아버지가 보관하고 있었다.

"아버지가 잘 보관하고 있으니 걱정 마."

그러자 "그렇구나. 다행이네" 하며 안심하는가 싶더니 잠시 후 또 새로운 물건 찾기가 시작된다. 처음에는 엄마와 함께 찾았는데 별것 아닌 경우가 많아 점차 내버려두었더니 이윽고,

"어머, 내가 뭘 찾고 있었더라?"

찾는 물건 자체가 무엇이었는지를 잊어버리고 말아, 나도 더는 모르겠다는 심정이 되었다.

한번은 밤중에 화장실을 가려고 일어났다가 복도의 희미한 불빛 사이로 화장실 앞에 가만히 웅크리고 앉아 있는 엄마가 보여 깜짝 놀란 적도 있다.

"엄마! 왜 그러고 있어?"

"아, 나오코, 남은 비누가 하나도 없구나. 명절 때 들어온 게 그렇게 많았는데 죄다 어디로 갔을까. 없으면 안 되는데. 지금 나가서 사 올까?"

그 순간에는 정말이지 나도 등골이 오싹했다. 명절 선물이 들어오던 건 아버지가 회사 다닐 때의 일이니 얼추 50년 전의 이야기다. 확실히 그 시절에는 비누 세트가 산처럼 들어왔었으나 아버지가 정년퇴직한 지 30년도 더 지났는데….

"엄마 정신 차려봐. 명절 선물이 대체 언제 적 이야기야, 수십 년도 더 됐어. 그리고 지금이 몇 신 줄 알아? 새벽 3시야. 이 시간에 문을 연 가게가 어디 있어."

"그렇구나. 그럼 일단 자고 내일 아침에 사러 가자."

엄마를 방으로 데려가 재웠지만 나는 잠들 수 없었다.

그해 여름에는 '선풍기 도난' 소동도 있었다.

여름에 내려오니 선풍기가 바뀌어 있었다. 원래 본가의 선풍기는 내가 어린 시절부터 쓰던 낡은 것으로, 두 사람이 애지중지 사용해왔다. 두 사람 모두 좋게 말하면 절약가, 나쁘게 말하자면 구두쇠라 대부분의 물건을 새로 사지 않고 오래된 것을 소중하게 사용하자는 주의여서 나로서는 상당히 놀랐다.

"선풍기 새로 샀어?"

엄마에게 물으니,

"낡은 선풍기가 말이지, ○○ 씨가 왔길래 현관에 꺼내어 시원하게 켜줬더니만 모르는 새에 들고 가버렸지 뭐니"라고 하는 것이다.

이 너무나도 황당무계한 이야기에 나는 그만 웃고 말았다. 우리 집 선풍기는 근 50년 된 낡은 제품이라 실내에서 이리저리 옮기는 것조차 힘들 만큼 무겁고 부피가 크다. 이웃집 ○○ 씨는 나이도 지긋해 그 무거운 선풍기를 우리 집에서 들고 나가 운반할 수 있을 리가 없다, 보는 눈도 있을 거고.

엄마에게 이야기를 들을수록 오히려 엄마가 의심스러웠다. 그래도 자신의 의견을 굽히지 않고,

"어떻게 들고 갔을까? 그 무거운 걸."

몹시 의아해하는 엄마에게,

"이웃한테 그런 말 하면 안 돼. 그러다 싸움 나."

아버지와 둘이서 몇 번이나 타일렀다.

후일담을 덧붙이자면 낡은 선풍기는 그로부터 2년 후 내가 창고를 정리하다 구석에서 무사히 발견했다.

2014년 새해가 밝은 1월 8일. 아버지와 의논해 다시 한 번 검사를 받으러 엄마를 병원에 데려가기로 했다.

그때까지는 2012년에 받은 "치매가 아닙니다"라는 진단이 어떤 의미로 엄마의 버팀목이 되어 자존심을 지켜준 부분도 있는데 1년 반이 지나니 그런 사실조차도 잊어버린 듯했기에. 다시 검사를 받으러 가야 하는 타이밍이구나 싶었다.

치매는 현대 의학으로는 고치거나 진행을 멈출 수는 없지만 몇 가지 약이 개발되었고 진행을 늦출 수 있다는 임상 데이터도 있어서 엄마에게 약을 먹여보고 싶은 마음도 있었다. (그만큼 약의 부작용에 대한 걱정도 있어서 고민이 되었지만.)

엄마에게 말하자 1년 반 전에 검사를 받은 사실은 어쩐 일로 기억하고 있었다.

"친절한 선생님이었지. 그 선생님이면 또 가도 된다."

싫은 내색이 없기에 마음을 놓았다. 병원에 가서도 엄마는 싱글벙글 붙임성 좋게,

"선생님 안녕하세요. 신세가 많습니다."

인사를 하더니,

"딸이 도쿄에서 와서는 또 검사를 받으러 가자고 해서 왔어요. 떨어져 살고 있는데 제가 나이가 있으니 걱정이 됐나 봐요"라면서 자신이 내원한 목적을 정확하게 이야기했다.

1년 반 전의 검사에서는 굉장한 의욕으로 30점 만점에 29점이라는 좋은 성적을 남긴 엄마인데, 이번에는 그러지 못했다. 의사에게 "오늘은 몇 년도 몇 월 며칠입니까?"라는 질문을 받은 순간 "며칠이더라?" 하며 내게 도움을 요청했다. 첫 번째 문항부터 스스로 생각하는 것을 포기하며 내게 기대려 했다. 이건 치매 환자의 전형적인 반응이다.

"엄마에게 물었잖아, 엄마가 대답해야지."

그런데도 웃으며 얼버무릴 뿐이다. 하아, 1년 반 사이에 이렇게까지 진행된 건가.

지난번에는 의사가 중지시킬 때까지 답했던 채소 이름 말하기에서도 세 가지 정도 대답하더니 더 이상 생각해내지 못했다. 그렇게 매일 갖가지 채소를 이용해 다양한 요리를 만들어 줬던 엄마인데….

결과는 30점 만점에 14점. 20점 이하면 치매일 확률이 높다고 판단되므로 엄마는 이 시점에서 더없이 치매 환자에 가깝다는 말이다.

결과와는 별개로 엄마가 마지막까지 침착하게 테스트에 임해줘서 감사했다. 계속해서 질문에 대답을 못 한 터라 중간부터 나는 내심 '엄마가 기분 나빠 하면 어떻게 하나, 자포자기하면 어쩌나' 싶어 조마조마했다. '100에서 7을 빼면 얼마냐니? 그런 아이한테나 할 법한 질문을 하면서 바보 취급을 한다'며 화를 내지 않을까 하고.

하지만 그건 기우였다. 일이 뜻대로 안 되면 불쾌감을 드러내는 건 가족 앞에서일 뿐, 남 앞에서는 미소를 잃지 않는 엄마의 모습을 보며 놀랐다. 엄마가 사회성을 잃지 않았다는 사실에 기쁘면서도 엄마가 사실은 울고 싶은 것을 참고 있었을지 모른다고 상상하니 가여워서 내가 울고 싶어졌다.

뇌 MRI 검사 결과도 나왔다. 1년 반 전에 찍은 것과 비교해 보니 나 같은 일반인이 보기에도 차이가 났다. 뇌 전체가 위축되고 구멍이 생겼다. 특히 기억을 담당하는 '해마' 부분의 위축은 현저했다.

"알츠하이머성 치매입니다. 약을 먹기 시작하는 게 좋겠네요."

진단에 충격을 받지는 않았다. 오히려 겨우 병명이 붙은 것에 안심했을 정도다. 그보다도 내게 충격이었던 것은 의사에게 병명을 듣고서도 엄마가 반응하지 않은 점이다. 변함없이 간호사들에게 사근대면서 "요즘 무릎이 안 좋아서" 같이 전혀 관계없는 말을 하고 있는 엄마….

엄마는 자신이 '알츠하이머성 치매'라는 진단을 받은 의미를 모르는 건가?

그 정도로 상황 파악 능력이 사라진 걸까?

집에 오니 아버지가 커피를 내려놓고 기다리고 있었다. 검사받느라 고생한 엄마를 위한 아버지 나름의 위로였을 테다. 나는 엄마가 코트를 넣으러 방으로 들어간 순간을 노려 아버지에게 알렸다.

"알츠하이머성 치매래요."

검사 결과지를 건네자 아버지는 잠시 읽더니 납득한 모양인지,

"역시."

한마디. 그 말에 엄마가 되돌아와 농담하듯 말했다.

"아유 정말이지, 치매 아닌데 죄다 치매라고 하잖아요."

아, 엄마 알고 있었구나. 나는 가슴이 뜨끔했는데 아버지가 곧바로 수습해주었다.

"그럼, 당신이 옳아. 전혀 신경 쓸 필요 없소."

고마워요, 아버지. 역시 우리 집 가장. 그 순간 아버지가 엄청 믿음직스러웠다.

엄마는 치매 증상의 진행을 억제한다고 알려진 약, 메만틴을 먹기 시작했다. 처음에는 5밀리그램으로 시작해 부작용이 없으면 10밀리그램, 20밀리그램으로 복용량을 늘려가기로 했다. 부작용은 주로 어지럼증이나 혼돈, 졸음 등인데 사람에 따라서는 경련을 일으키거나 망상 및 환각이 나타나는 경우도 있다고 하니 가족이 주의해서 지켜봐야 한다.

그러나 나는 일 때문에 곧 도쿄로 돌아가야 했다.

이때 엄마가 85세, 아버지는 이미 93세였다. 건강하다고는 해도 93세의 아버지가 치매 확정인 엄마를 돌볼 수 있을까. 내가 구례로 돌아와 엄마를 돌봐야 하지 않을까.

"내가 돌아올까요?"

아버지에게 묻자 아버지는 일언지하에 거절했다.

"그럴 필요 없다. 내가 건강한 동안에는 네 엄마는 내가 돌보마. 너는 네 일을 해라."

그때의 내 마음을 솔직하게 말하자면… 아버지가 그렇게 말해줘서 안도했다는 감정이 제일 컸다. 불효라고는 생각하지만 그것이 숨김없는, 있는 그대로의 내 심정이었다.

나는 도쿄에서 혼자 살고 있어 남편이나 아이가 있는 사람에 비하면 본가로 내려오는 일이 어렵지는 않다. 게다가 나는 프리랜서 디렉터라 작품별로 계약하며 개런티를 받고 있다. 회사에 묶여 있지 않으니 유급 휴가를 언제까지 낼 수 있을지, 휴직을 해야 하나 퇴직을 해야 하나 같은 걱정은 없다. 다음 작품을 계약하지 않으면 당장이라도 일은 관둘 수 있다는 의미에서는 자유도가 높은 업무 환경이다.

하지만 반대로 말하면 다음 작품을 거절해버리면 당장 '일=수입원'이 사라져버린다는 뜻이기도 하다. 그런 불안정한 입장이다 보니 이 악물고 노력해서 손에 쥔 이 일을 잃고 싶지 않은… 그런 미련이 있었다.

도쿄에서 여자 혼자 프리랜서로 영상 제작 일을 하며 먹고살기 위해 끊임없이 노력해왔다. 좋아하는 일이어서 별로 힘들다는 생각은 안 했지만 잠자는 시간마저 아껴가며 일했던 것이 45세에 유방암에 걸린 원인이었다고는 생각한다. 유방암 치료를 하는 동안에도 쉬지 않고 일을 계속해왔다. 프리랜서에 독신이니 내가 일하지 않으면 치료비도 못 내고 생계를 유지할 수 없었기 때문이다. 뭐, 이 일이 좋아서 암이라는 큰 병을 앓으면서도 그만두지 못하고 쉼 없이 달려왔던 것도 있지만.

그렇게까지 매달리며 지켜왔던 일인데, 놓고 싶지 않다. 이 무렵은 아직 그런 생각이 강했다. 그래서 아버지에게 조심스레 "내가 돌아올까요?" 물었을 때 아직 "그럴 필요 없다"라는 면죄부를 받음으로써 내심 마음이 놓였던 것이다.

이렇게 속마음을 이야기하고 보니 정말로 제멋대로인 딸이네. 스스로가 싫어진다.

다음 날 히로시마 공항으로 가는 버스 정류장까지 엄마가 데려다주겠다고 했다. 버스 정류장까지는 걸어서 10분 정도 걸린다. 이때만 해도 엄마는 그 부근까지는 헤매지 않고 다닐 수 있었고 아버지도 나도 '엄마가 버스 정류장에서 혼자 돌아올 수 있을까' 같은 걱정은 하지 않았다. 증상은 가벼운 편이었다.

도쿄로 돌아가는 날 비가 내렸다. 엄마는 버스 정류장으로 향하는 길에서,

"아무리 일이 바빠도 너무 애쓰지 마라. 남의 일까지 떠맡는다고 나서지 마."

내 건강 걱정뿐이다.

"도쿄에 도착해서 비가 그쳐도 우산 잊지 말고 챙기고."

꼼꼼한 성격의 엄마다운 잔소리도 들었다.

엄마, 우산보다 중요한 게 있잖아. 어제부터 치매 약이 나왔으니 매일 잊지 말고 먹어. 나는 그렇게 말하고 싶었지만 더 이상 엄마에게 병 이야기는 안 하리라 마음먹고 관두었다. 엄마를 평소처럼 대하겠다고 결심했으니 평소대로 시시한 대화를 나누며 평소대로 헤어지자.

버스가 왔다. 엄마와 헤어질 때다.

"엄마, 잘 지내."

그 외에는 할 수 있는 말이 없었다. 다음에 내려올 때도 건강한 모습으로 똑같이 나를 맞이해줘.

손을 흔드는 엄마가 점점 멀어져간다. 나는 버스 안에서 카메라로 그 모습을 찍고 있었는데 지금 보니 엄마가 시야에서 사라진 후 카메라가 심하게 흔들리고 있다. 프로로서는 실격일 만큼 요동치는 화면. 아, 이건 내 불안한 마음이구나, 지금에서야 생각한다. 치매 진단을 받은 엄마를 93세의 아버지에게 떠맡기고 이렇게 떠나는 게 정말로 잘하는 일일까. 역시 나는 구제 불능의 불효자다. 버스 안에서도 도쿄로 가는 비행기안에서도 부끄러울 만큼 울었던 것을 기억한다.

엄마 혼자서 버스 정류장까지 데려다준 것은 이때가 마지막이 되었다. 그 이후로는 "엄마 데리러 와줘" 부탁해도 무릎이 아프다는 등 다양한 이유를 대며 거절했다. 아마도 나를 보낸 뒤 혼자서 집까지 돌아갈 수 있을지, 자신이 없어진 것일 테다.

본격적으로 도쿄와 구레를 오가는 나날이 시작되었다.

4

"사기단 명부에
어머님 성함이 올라 있어서요"

:
:

2014년 1월. 결국 치매 진단을 받고 약을 먹기 시작한 엄마에게 부작용이 생기지는 않을지 걱정이 되어 도쿄로 돌아와서도 본가로 매일 전화를 걸어 확인했다.

엄마는 "머리가 빙빙 돈다"는 말은 했지만 망상이나 환각 증상은 없는 듯했고 약의 용량도 예정대로 늘려서, 이대로 진행을 늦출 수 있다면⋯ 하는 희미한 기대를 품게 되었다. 그러면 나는 계속 도쿄에서 일을 할 수 있을지도 모른다. 하지만 두 사람만 두는 것은 역시 걱정이다.

나는 노인장기요양보험 제도에 대해 알아봤다. 요개호인정(要介護認定, 환자의 상태에 따라 등급을 나누어 필요한 서비스를 지원한다-옮긴이)을 받으면 요양보호사가 집으로 방문해주거나 데이케어센터 이용 등 다양한 간병 서비스를 받을 수 있다고 한다. 그러나 아버지도 엄마도 '남에게 피해 주는 것'을 극도로 꺼리는 성격의 소유자다. 이제껏 둘이서 반세기 이상 쌓아온 생활에 대한 자부심도 있다. 두 사람뿐인 집에 타인이 들어오면 거북함을 느낄 게 분명하다.

아직 이 카드를 꺼낼 시기는 아니구나.

간병 서비스 자료를 손에 들고서도 나는 좀처럼 부모에게 말을 못 꺼냈다.

다음으로 내려온 건 두 달 후인 2014년 3월이었다. 아무리 부모가 걱정돼도 도쿄에서 일을 하고 있으니 히로시마 구레의 본가에 내려올 수 있는 건 시간적으로도 경제적으로도 두 달에 한 번 정도가 한계다. 이동에만 한나절이 걸리고 한 번 왕복하는 데 드는 돈도 5만 엔 가까이 됐다.

엄마는 "빙빙 돈다"고 말하면서도 약에 익숙해진 듯했으나 얼굴이 조금 부은 것이 마음에 걸렸다. 약은 아버지가 관리하며 매일 엄마에게 한 알씩 먹였다. '엄마가 약을 정량보다 많이 먹거나 잊어버리지는 않는지' '부작용은 없는지' 아버지는 책임감으로 늘 엄마의 동향을 살폈는데 엄마는 아버지에게 감시당한다고 느끼는지 짜증을 냈다.

이를테면 "네 아버지는 나를 맨날 쳐다보고 있어" "내가 뭐만 하면 화를 낸다" "나를 그렇게 못 믿는다니" 하며 트집을 잡았다. (오해를 막기 위해 말해두자면 아버지는 지금껏 가족에게 짜증 한 번 안 냈을 만큼 온화한 성격이라 판단 능력이 떨어진 엄마에게 "○○하구려"나 "○○하지 말게나" 식으로 주의를 줄 뿐이다.)

당시 내가 던진 한마디 때문에 아버지와 엄마가 30분 가까이 언쟁을 벌이는 사건도 일어났다. 그것도 아주 사소한 일로 말이다.

집에 내려오자마자 냉장고를 열었는데 배달 요구르트가 50개 정도 있기에 반사적으로 묻고 말았다.

"이 많은 요구르트는 다 뭐예요?"

그러자 아버지가 내 질문에 동조하듯,

"그러게 말이다, 내가 시키지 말라고 하는데도 네 엄마가 도통 말을 들어야 말이지."

그렇게 말해버렸다…. 이런, 큰일이다.

"내가 잘못했다는 소리예요? 기껏 당신 몸 생각해서 샀더니!"

아, 엄마의 자존심에 상처를 내고 말았다. 아무도 악의는 없는데. 정말이지, 곳곳이 지뢰밭이다.

내가 어릴 때부터 우리 집에서는 아침마다 한 사람당 요구르트를 하나씩 마셨다. 그러나 최근에는 아무래도 엄마가 마시는 걸 잊어버린 듯했고, 그렇다고 '요구르트는 하루에 하나'로 정해두고 있는 착실한 아버지가 엄마 몫까지 마시는 것도 아니어서 계속 쌓였던 모양이다.

"당신 오늘 아침에도 까먹고 안 마셨잖소. 날짜가 한참이나 지난 게 이렇게나 쌓여 있구먼. 다음에 배달원이 와도 더는 사지 말구려."

그렇게 말하는 아버지에게 엄마는,

"요구르트는 몸에 좋잖아요, 나는 당신 몸 생각해서 사는 거라고요!"

"그게 아니라, 나는 내 몫을 마시잖소. 당신이 자꾸만 까먹고 안 마시니 남는 게야."

"오늘은 나오코 너도 온다고 해서 네 몫도 샀다. 너도 마실 거지?"

"응? 나? 그야 마실 건데…."

엄마, 이야기가 이상하게 벗어났네요. 갑자기 내게 말을 돌리면 곤란하다고요.

확실히 엄마는 입에서 나오는 대로 아무렇게나 변명하고 있었다. 본인도 자신의 주장이 이상하다는 건 알고 있지만 순순히 알겠다고 대답하지 않는다. 자신이 마시는 걸 잊었다는 사실을 인정하고 싶지 않은 거다. 어디까지나 '이 집을 책임지는 주부로서 가족의 건강을 위해 요구르트를 많이 사놓고 남편과 딸에게 먹이는 것'이라면서 대량 재고의 이유를 자신의 방침인 양 말하며 정당화하려 한다. 그에 아버지가,

"당신이 안 까먹고 마시든가 자꾸 까먹을 거면 사지를 말든가, 하나를 정하면 되잖소."

본래라면 끽소리도 못 할 정론을 들이대도,

"아니, 요구르트는 몸에 좋잖아요, 당신도 있으면 마시면서."
(결국 똑같은 말이다.)

"그게 아니라 나는 이미 내 몫은 마시고 있대도."

"……" (이건 어안이 벙벙한 나입니다.)

이렇게 30분 정도 두 사람의 무한 반복 같은 대화가 계속되다가 끝내는 아버지가 "아이고" 굽히면서 물러났다.

그리고 상대방을 꺾었다는 듯 자랑스러워하는 얼굴의 엄마가 묻는다.

"네 아버지는 내가 뭐만 하면 저렇게 싫은 티를 낸다. 너 어떻게 생각하니?"

엄마, 내게 의견을 구하지 말아요.

이처럼 과거에는 상상도 못 한 아이 같은 모습을 보이기 시작한 엄마를 보며 '엄마는 왜 이렇게 돼버렸을까. 비참하다'고 생각한 건 사실이다. 비참함을 넘어 화가 났던 적도 있다. 하지만….

어느 날 밤 아버지가 잠든 후 식탁에 혼자 앉아 있는 엄마의 뒷모습에 깜짝 놀랐다. 엄마는 자신이 먹고 있는 약의 설명서를 읽고 있었는데 거기에는 "치매 증상의 진행을 억제하는 약입니다"라는 문구가 적혀 있었다.

등을 둥글게 말고서 그 종이를 물끄러미 보고 있는 엄마….

나는 봐서는 안 될 것을 본 기분이 들어 엄마가 눈치채지 못하도록 조용히 자리를 떴다. 눈물이 났다. 엄마는 아마도 몇 번이나 그렇게 약의 설명서를 보고 있었을 거다. 자신이 치매라는 사실을 자각하고서 걱정되는 마음으로. 치매가 낫지 않는 병이라는 것쯤은 엄마도 알고 있다. 앞으로 자신은 어떻게 될까. 남편과 딸에게 짐이 되는 건 아닐까. 갈수록 더더욱 짐만 되지 않을까. 복잡한 생각들이 엄마의 머릿속에 넘쳐나고 있을 것 같았다.

가장 괴로운 건 엄마, 본인이다.

약을 먹기 시작한 것은 엄마에게 병의 현실을 들이미는 것이기도 했다.

아침 식사 후 아버지가 엄마를 위해 약을 준비하고 있는데 그 모습을 가만히 보고 있던 엄마가 느닷없이 물은 적이 있다.

"당신은 내가 건망증이 심해지는데 걱정 안 돼요?"

응? 엄마, 갑자기 무슨 소리를 하는 거야? 당황해하는 나를 무시하며 아버지는 아주 자연스럽게 대답한다.

"왜 걱정이 안 돼. 그야 가족이니 걱정되지."

"당신은 그런 내가 안 부끄러워요? 짐짝처럼 안 느껴져요?"

"그런 적은 없으니 안심하구려."

"그래요, 그럼 됐어요."

담박한 두 사람의 대화는 그대로 끝이 나더니 아무 일도 없었다는 듯이 다른 대화가 시작되었다.

아, 이게 통하다니. 이걸로 엄마는 안심하는구나. 거기에는 딸인 나조차 끼지 못하는 60년 가까운 세월을 함께 보낸 부부만의 신뢰가 녹아 있었다.

분명 내가 없는 동안 엄마는 몇 번이나 아버지에게 이 질문을 했을 거고 그때마다 아버지는 안심하라고 대답했겠지. '건

망증'이라는 단어를 꺼리지 않고 서로에게 당당히 사용하며 그것을 전제로 대화하고 있다.

'당신은 확실히 잘 잊어버리지만 나는 그걸 부끄럽다고도 짐작이라고도 생각 안 해, 그러니 안심하구려.' 그런 메시지를 아버지는 자연스레 엄마에게 전하고 있는 것이다. 남편이 이렇게 생각해주고 있다는 사실이 아내에게 얼마나 의지가 되었을까. 엄마는 정말로 아버지의 말에 힘을 얻으며 안심했던 적이 많았나 보다.

약을 먹기 시작한 지 반년이 지난 무렵부터 엄마는 내가 내려와 있는 동안에는 요리를 맡기기 시작했다.

어느 날 함께 저녁 찬거리를 사러 나가 길을 걷는데,

"네가 이렇게 바지런히 밥하고 반찬을 만들 줄은 몰랐다. 나는 이제 마음이 놓인다."

웃으며 그렇게 말하더니 그 이후로는 식사 준비 시간이 되면 주방에서 자신의 자리를 양보했다. 딸로서는 요리 잘하는 엄마에게 인정받았다는 기쁨도 있었으나 동시에 엄마가 느끼고 있을 섭섭함과 서글픔이 가슴 깊이 느껴졌다.

주부로서 아버지와 내게 맛있는 요리를 해 먹이는 것을 삶의 보람으로 여겨온 엄마. 특히 내가 도쿄에서 가끔 내려올 때면 내가 좋아하는 음식을 다 못 먹을 정도로 준비해놓고 기다렸었다.

그러나 이제는 자신이 요리를 하면 오히려 남편과 딸에게 방해가 된다고 느낀다. 딸이 요리하는 걸 남편도 기뻐하니까…. 엄마가 내게 그 역할을 양보하겠다고 결심한 이면에는 분명 남다른 갈등이 있었을 것이다.

미안해, 엄마.

그나저나 내가 없을 땐 식사를 어떻게 하고 있지? 어느 날 아버지에게 묻자,

"아침에는 빵이다. 점심에는 내가 도시락을 사 오는 경우가 많지. 저녁에는 주로 반찬을 사서 먹고."

그러나 엄마가 그 소리를 용케 듣고서는,

"어머나, 당신 무슨 그런 소리를 해요. 내가 만들어주잖아요."

자부심 강한 주부는 분명 지금껏 해온 대로 자신이 만들고 있다고 믿고 있는 것이다. 단호하게 우겨댔다.

우리 집은 장보기에 편리한 시내 중심부에 위치해 있어서 찬거리를 사는 데 어려움이 없다. 나는 그 사실을 아직은 내가 도쿄에서 일을 관두고 내려오지 않아도 된다는 구실로 삼았던 것 같다.

이 무렵 아버지는 근처 반찬 가게로 반찬을 사러 가거나 청소기를 돌리는 정도였지 본격적으로 집안일을 시작하지는 않았다. 우리 집은 엄마가 건강하던 때에는 전업주부인 엄마가 집안일을 도맡아 했고 아버지는 집안일은 일절 안 했기에 아버지가 청소기를 돌리기 시작한 것만으로도 내게는 상당한 충격이었다.

"아버지가 청… 청소기를 돌려요?"

놀라서 말까지 더듬는 나. 그때였다, 아버지의 명언이 나온 것은.

"이것도 운명인 게지. 숙명이야. 네 엄마가 지금껏 집안일을 해왔으니. 네 엄마가 아프면 이번에는 내가 해야지, 별수 있나."

아버지….

나는 새삼 아버지라는 남자의 품이 얼마나 깊은지 느꼈다. 아내가 치매에 걸린 것을 불행하게 여기며 한탄하는 게 아니라, 운명이니 할 수 없다고 웃으며 받아들일 수 있는 남편. 엄마는 아버지 같은 반려자가 있어 정말로 행복한 사람이구나 싶어 조금 부러워졌다.

남편이 그런 고마운 말을 해주고 있는데 정작 당사자인 엄마는 듣고 있는 건지 마는 건지, 태연하게 선풍기 곁에서 기분 좋게 바람을 쐬고 있었지만.

2014년 가을부터 집에 낯선 물건이 보였다.

눈에 가장 띈 건 화장품. 작은 경대 위에 본 적 없는 화장품이 집에 올 때마다 늘어나 있었다.

엄마는 오랫동안 시세이도 화장품을 사용해왔다. 토너, 로션, 크림, 모공수렴토너 시리즈로 갖추어 사용했는데 무엇을 제일 먼저 바르고 그 뒤에 무엇을 발라야 할지 순서를 잊어버린 것 같다.

그래서 약국에 가거나 통신 판매 화장품을 취급하는 친구를 만날 때마다 추천받은 화장품을 산 모양이다. 그러나 오랫동안 사용하던 화장품조차 사용법을 잊어버리는 마당에 새로운 화장품을 제대로 사용할 리가 없다. 그러니 전부 포장도 뜯지 않고 방치해둔 상태. 그중에는 들어본 적도 없는 브랜드의 물건도 있어서 엄마에게 "이런 거 어디서 샀어?" 하고 확인하면, "이게 뭐지? 이런 걸 산 기억이 없는데. 견본품 아니겠니?"라며 태연하게 군다.

이대로라면 남에게 속아 넘어가 우리가 모르는 사이에 돈을 써버릴 위험성이 높다. 아버지와 의논해 오랜 세월 엄마가 관리해오던 생활비 지갑을 미안하지만 빼앗기로 했다. 가계는 아버지가 관리하고 엄마 혼자서 장 보러 갈 때는 그만큼의 돈을 주었다.

결혼한 직후부터 줄곧 가계부를 쓰며 계산이 맞을 때까지 잠자리에 들지 않을 만큼 철저하고 세심하며 빈틈없었던 엄마. 자신이 가계를 관리할 수 없게 된 것은 굴욕이겠으나 감수할 수밖에 없다.

말하고 보니 이 무렵에는 엄마 혼자서 장을 보러 갈 수 있었구나. 방금 깨달았다.

아버지도 나도 '본인이 할 수 있는 일은 시키는 게 좋다. 아직 할 수 있는 일을 걱정된다는 이유로 못 하게 한다면 본인도 자존심이 상할 테고 자극도 사라져 치매가 진행돼버리니까'라는 생각이었기에 엄마가 "혼자 갈게" 하고 말하는 동안에는 장보기든 뭐든 갔다 오도록 내버려두자고 마음먹었었다. 뭐, 걱정이 되어 몰래 뒤따라간 적도 있었지만.

그런 연유로 엄마의 낭비는 사라진 듯했으나 실은 함정이 있었다. 바로 사기 전화다. 우리 집은 아버지가 귀가 어두우니 기본적으로 전화는 엄마가 받는데 아무래도 아버지가 모르는 사이에 엄마가 악질적인 사기 전화에 낚인 듯했다.

2015년 새해에 내려왔을 때 냉동실 안에 대량의 다시마가 가득 차 있는 것을 발견했다. 홋카이도의 참다시마, 리시리다시마, 라우스다시마, 히다카다시마…. 전부 합치면 스무 봉지 정도 되려나. 가족 셋이서 평생에 걸쳐도 다 못 먹을 정도의 양이다.

"이게 다 뭐야?"

내가 놀라서 물었는데 알고 보니 엄마는 나 때문에 냉동실에 처박아 숨겨뒀던 것이다. 적어도 나에게만큼은 들키고 싶지 않아서.

"홋카이도 해산물을 파는 업자에게서 전화가 왔는데 네 엄마가 다 사버렸다."

아버지 말을 들어보니 아무래도 다시마 외에도 큰 자반연어 한 마리를 통째로, 거기에 가리비에다가 이것저것 다양한 해산물들을 주문해버린 듯했고 착불로 떡하니 도착해 아버지가 깜짝 놀랐다고 한다. 주문한 기억이 없다며 그대로 돌려보내려 했지만 엄마가 "전화가 와서 내가 주문했어요" 하는데, 그 일만큼은 웬일로 잘도 기억하고 있어서 결국 돌려보내지 못했고 신선 식품은 다 못 먹는다는 판단에 이웃에게 나누어주었다고 한다. 결국 아버지는 화가 나서,

"앞으로는 모르는 사람에게 전화가 오면 당장 나를 바꿔!"

엄명을 내렸고 평소에는 억지를 쓰던 엄마도 "미안해요" 하고 사과를 했다고 한다. 내가 내려온 건 그 일이 있고 보름이 지나서였는데 엄마는 자신의 실패를 선명하게 기억하며 여태

미안해하고 있었다.

　엄마의 이야기를 자세히 들어보니 가여운 부분도 많았다.

　부모는 패키지여행을 좋아해서 아버지의 정년퇴직 이후 둘이서 여기저기 자주 돌아다녔는데, 특히 홋카이도와 오키나와를 마음에 들어 해 홋카이도에 잘 아는 식료품점이 있었던 것이 패인의 하나였다.

　"예전에 홋카이도 여행에서 선물용으로 토산물을 자주 샀잖니, 시장 사람인가 했지. '최근에는 안 오시네요' 하면서 친근하게 구니까…."

　아, 엄마, 그건 사기 전화의 전형적인 수법이야. 그리고 또 하나의 패인은,

　"아주 질 좋은 자반연어가 있다고 하니까, 곧 있으면 너도 내려오고 해서 새해에 같이 먹으려고 했지…."

　기어들어가는 목소리로 엄마는 그렇게 말해다.

　그렇구나, 내가 내려오기 전이어서 그랬구나. 뭐라 대답해야 좋을지 막막했다. 새해를 맞아 내려오는 딸에게 맛있는 음식을 해 먹이고 싶은 엄마의 마음이 악덕업자에게 이용돼버린 것이다.

　그래도 원래의 엄마라면 배송된 연어 한 마리를 제대로 토막 내어 포장한 뒤 냉동 보관했을 거다. 냉동하지 않고 이웃에

게 나누어줬다는 것은 엄마가 식재료를 보관하는 방법도 모르게 되었다는 말이다.

그러고 보니 우리 집 냉동실은 한동안 텅 비어 있었다. 그런데 지금은 속아서 구매한 상품을 숨기는 은폐지가 되어 있다. 내가 상상도 못 한 사태가 앞으로도 계속해서 일어날지 모른다. 꽝꽝 언 대량의 다시마를 보면서 몸이 가라앉는 듯한 고요한 공포를 느꼈다.

아버지는 이 일에 관해서는 가계를 맡고 있는 자신에게도 책임이 있다고 느꼈는지 피해액을 끝끝내 알려주지 않았다. 상상하건대 꽤 많은 액수, 아마도 10만 엔 이상 지불하지 않았을까 싶다. 왜냐하면 몇 년쯤 지나 경찰이 집으로 찾아와 물었으니까.

"전화 사기단이 얼마 전에 검거되었는데 귀하의 어머님 성함이 명부에 올라 있어서요. 실질적으로 입은 손해는 없으셨나요?"

짚이는 것은 그 일밖에 없으니까. (실은 내가 알아차리지 못했을 뿐 그 외에 더 있는 건가…?)

덧붙여 다시마 봉지에는 판매자 스티커가 붙어 있었는데, 알아보니 삿포로의 새벽 시장에 실존하는 제대로 된 가게였다. 화는 나지만 버리기도 아까워서 육수를 내거나 어묵에 넣어 먹었는데 맛은 끝내줬다. 어쩌면 사기단은 새벽 시장에서 평범하게 해산물을 구입해 그것을 비싸게 되판 게 아닐까 싶다. 조악품은 아니었다는 것이 최소한의 위안이었다.

이 일로 아버지는 엄마가 전화를 받을 때마다, "누구한테서 온 전화인 게야?" 하고 일일이 물어보게 되었고 엄마는 그 실패로 타격이 컸는지 시끄럽다고 여기면서도 아버지에게 더 이상 뭐라 대꾸하지 않았다.

그리고 나는 둘만 놔두는 것은 슬슬 한계에 이르렀음을 인식했다. 내가 본가로 돌아오든지, 조금 더 이 상태로 있을 거면 확실하게 요개호인정을 받아 간병 서비스를 이용하든지, 둘 중에 하나는 선택해야 했다.

그러나 외부의 도움을 쉽게 받아들일 만큼 내 부모는 무르지 않았다.

5

"남에게 피해를 주지 않는
노인이 되고 싶다"

⋮

2015년에는 엄마의 치매가 더욱 진행된 모양인지,
"아침밥 먹었던가? 안 먹었지?"
"그런 전화가 왔었니? 기억이 없는데."
방금 전의 일도 통째로 잊어버리기 시작했다.
치매 진행을 억제한다고 하는 약 '메만틴'은 계속해서 복용

했지만 잊어버리는 것에 관해 말하자면 효과가 있는 건지 없는 건지 알 수 없다. 먹지 않았다면 어땠을지 모르니 비교할 수는 없어도, 한 가지 확실히 좋아진 부분은 있다.

"네 엄마가 전에는 내가 하는 말에 사사건건 트집을 잡았는데 요즘에는 안 그런다."

아버지가 말했다. 왠지 모르게 엄마는 성격적으로 온화해진 듯 예전처럼 농담을 하면서 웃는 유쾌한 엄마로 차츰 되돌아왔다. 그것이 약의 효과라면 엄마를 위해서도, 그리고 엄마와 24시간 붙어서 생활하는 아버지를 위해서도 고마운 변화다.

그러나 그 온화함이 '자신이 사기를 당해 가족에게 피해를 주고 말았다'는 괴로움에서 비롯된 조심스러움이라면….

엄마는 다른 건 잘 잊어버리면서 왜 다시마 사기는 계속 기억하는 걸까? 아버지도 나도 희한하게 여길 만큼 엄마는 몇 만 엔이나 되는 해산물을 속아서 샀다는 사실을 집요하게 기억했고, 그 일을 반복해 꺼내며 "속으면 안 됐는데" "피해를 줬다" "미안하다" 몇 번이고 사과를 했다.

"아유, 괜찮대도. 다 지난 일이잖아. 앞으로는 모르는 사람에게 전화가 오면 나나 아버지를 바꿔줘, 그럼 돼요."

그렇게 달래면,

"그러마. 두 사람이 있어서 다행이다. 고맙구나."

하면서 미약하게 미소를 지었으나 잠시 후 또다시 "정말로 속으면 안 됐는데. 미안하다"가 시작된다.

치매 환자라 해도 감정을 강력하게 뒤흔든 사건은 잊어버리기 힘들다고 한다. 그렇게 생각하면 엄마는 사기단에 속은 것에 상당한 상처를 받은 게 아닐까. 자신이 한심한 탓에 가족이 큰돈을 지불하게 만들었다고 생각하면서.

"치매니까 잘 부탁합니다"는 2017년 새해에 엄마가 신년 포부로 꺼낸 말이었다. 그보다 앞선 2015년 새해에도 "올해는 어떤 해를 보내고 싶어요?" 하고 물었더니 엄마는 이렇게 대답했다.

"남에게 피해를 주지 않는 노인이 되고 싶다."

지금도 비디오에 담긴 엄마의 미소를 보면 눈물이 난다. 아주 환하게 웃으며 대답했는데, 그 만면의 미소 뒤에는 사기 사건 후 스스로에 대한 분노와 '더는 절대로 같은 실패를 반복하지 않겠다'는 남다른 결의가 느껴지기 때문이다.

엄마를 속상하게 만든 그들을 절대 용서하지 않으리라.

또 한 가지, 2015년 새해부터 시작된 엄마의 변화가 있다. 그해부터 더 이상 연하장을 쓰지 않았다. 엄마는 내 뒷바라지가 끝난 50대부터 서예에 빠져 매년 먹을 갈아 나 같은 생무지는 전혀 읽지 못하는 달필의 연하장을 써왔다.

여기서 이야기가 살짝 벗어나는데, 엄마의 성품을 소개하기 위해 과거 엄마가 서예에 얼마나 빠져 있었는지 들려드리겠다.

엄마의 전문은 '가나(일본 특유의 음절문자-옮긴이)'로, 잇토서예협회라는 단체에 소속되어 매일 성실히 연습했다. 나는 문외한이어서 잘은 모르지만 상당한 솜씨였던 듯하다. 2007년 78세의 나이에 4대 서예전 중 하나인 '요미우리서예전'에서 특선을 받아 시상식에 참석하기 위해 도쿄에 왔을 정도니까.

지금도 정확히 기억난다. 시상식 장소는 그랜드프린스호텔 다카나와 지점. 니혼TV의 스가야 다이스케 아나운서가 사회를 보았다. '가나 전문·특선', 그리고 엄마의 아호 "노부토모 고즈키"가 불리자 엄마가 "네" 대답하며 일어서는 모습이 회장의 큰 모니터에 비쳤을 때에는 상상을 훨씬 뛰어넘는 화려한 무대에 도리어 내가 긴장해서 다리가 후들거렸을 정도다.

엄마의 작품은 국립신미술관에 전시되어 함께 보러 갔다. 그날이 엄마 인생에서 가장 자랑스러운 날이지 않았을까. 기념으로 찍은 영상에는 반짝반짝 빛나는 엄마의 모습이 담겨 있어 보물로 남았다.

내가 감탄하는 부분은 엄마가 50대가 되어 서예를 시작했다는 점이다. 때문에 전국 수준까지 실력을 끌어올리는 데에는 분명 엄청난 정진이 필요했으리라.

서예를 시작한 계기는 의외로 단순했는데, 그 무렵의 엄마는 외동딸인 내가 대학 진학으로 상경한 뒤 이른바 '빈집증후군(자식이 독립한 후 전업주부에게 나타나는 무기력·무관심·자신감 상실·적막감 등의 증상-옮긴이)' 증세가 있었는지 입버릇처럼 말했다.

"나도 뭔가 하고 싶은 일을 찾아야 하는데."

때마침 "근처에 서예를 잘하는 사람이 있는데 가르쳐주는 것 같더라"는 이야기를 듣고 동네 주부들과 함께 시작한 취미 활동이 서예였다. 서예의 세계는 엄마 성격과 잘 맞아서 무시무시하게 빠져들었다. 처음에는 구레 시내의 선생님에게 배우다가 어느새 히로시마까지 배우러 다녔고, 사용하는 먹과 벼루며 화선지 선택에도 깐깐해졌으며 본가의 서가에는 만엽집(일본에서 가장 오래된 시가집-옮긴이)이나 고금와카집(일본 최초의 칙찬 시가집, 와카는 주로 5·7·5·7·7의 5구절 31음의 형식으로 된 일본의 고유 정형시다-옮긴이) 해설서가 죽 늘어서기 시작했다.

무려 60대 중반부터는 일본 '가나'의 일인자로 현재는 문화 공로자인 이시게 케이도의 고베 자택까지 배우러 다녔다. 한 달에 두세 번은 열차를 타고 고베를 오갔다. 서예 대회 때에는 도장 같은 곳에서 숙박까지 해가며 오로지 붓글씨를 쓴 모양이다.

　엄마의 행동력도 대단하지만 아무 말 않고 엄마를 뒷받침해
준 아버지도 대단하다. 이미 연금 생활을 하고 있어 분명 생활
이 여유롭지 않았을 텐데 열차비, 강습비, 작품 포장비에 출품
료까지 어쨌거나 돈이 드는 취미였음에도 아버지는 서예에 빠
진 엄마를 진심으로 응원했다. 가족에게는 철두철미하게 '자신
이 원하는 일을 하게 한다'는 것이 아버지의 방침이었기 때문
이다. 아버지라는 사람의 그릇이 그만큼 컸다고 생각한다. (덧
붙이자면 내가 도쿄에서 다큐멘터리 제작 일을 계속하고 있는 것도
아버지의 이러한 방침 덕분인데 이 이야기는 나중에 다시 하겠다.)

　그런 엄마가 갑자기 "서예 관둘란다"는 말을 꺼낸 건 2010년
의 일이다. 갑작스런 선언에 아버지도 나도 깜짝 놀랐다. 이유
를 물어도 대답은 한결같았다.

　"나도 이제 늙었다."

　그 당시 엄마는 81세였으니 늙었다고 하면 늙은 나이지만
여전히 몸은 쌩쌩했고 일본미술전람회 입선을 목표로 애쓰던
무렵이었다.

　"아깝구려. 다음 목표는 일본미술전람회라고 기운 넘쳤으
면서."

　아버지가 격려해도 엄마는 뜻을 굽히지 않았다.

"이제 나이가 있어서 고베까지 가는 것도 힘들어요. 앞으로는 집에서 여유롭게 할래요."

"흠, 뭐 당신이 그리 하겠다면 하는 수 없는 게지. 지금까지 애써온 게 아깝지만."

내가 엄마에게서 처음으로 이상함을 느낀 때가 2012년이었으니 2010년이면 엄마가 치매라고는 아버지도 나도 꿈에도 생각 못 했던 시기다. 엄마의 선언에 아버지와 나는 영문을 알 수 없었으나 아마도 그 무렵부터 엄마는 자신의 이변을 알아챘던 것 같다. 지금은 그렇게 생각한다. 분명 서예와 관련된 일로 몇 번인가 자신감을 잃는 일을 겪고서는 고베를 오가는 것을 관두지 않았을까. 그러지 않고서야 그 갑작스런 은퇴 선언은 설명이 안 된다.

고베의 교실이 찾기 힘든 주택가에 있었는데 몇 년이나 잘 다닌 길을 잃었다거나 혹은 자신의 생각대로 붓글씨를 도통 쓰지 못했다거나.

바로 얼마 전 고베에서 엄마와 함께 서예를 배우던 동료에게 이야기를 들어보니,

"어머니가 전에는 항상 중심에서 활기찬 모습이셨는데 갈수록 조용해지시더니 그만두실 즈음에는 구석에 앉아 기운이 없으셨어."

…그렇구나 엄마는 훨씬 전부터 자신감을 잃어갔구나. 동료들에게 자신의 이변을 들키지 않으려 존재감을 죽여가던 엄마. 눈치 보며 기죽은 채로 보내는 시간이 즐거웠을 리 없다.

그 사실을 가족에게 의논했다면 좋았을걸. 나는 엄마와 모든 일을 서로 터놓는 사이라고 생각했는데, 엄마는 자신의 머릿속에서 일어나고 있는 이변만큼은 남편과 딸에게도 알리고 싶지 않았나 보다. 엄마는 얼마나 불안하고 고독했을까. 알아차리지 못한 스스로에게 정말로 화가 난다.

본론으로 돌아와, 2015년부터 엄마는 연하장을 쓰지 않게 되었다. 새해가 되면 엄마 주변에는 전국의 잇토서예협회 사람들에게서 온 달필의 연하장이 가득했다. 그전까지만 해도 해가 넘어가기 전에 반드시 연하장을 꺼내 들던 엄마. 그런데 새해가 밝고 자신 앞으로 온 연하장이 쌓여 있는데도 이런저런 핑계를 대며 답장 쓸 생각을 안 한다.

"엄마도 이제 85세잖아. 보내준 연하장에 답장을 안 해주면 죽었나 생각할 거야."

엄마가 좋아할 법한 아슬아슬한 농담을 꺼내자 "그렇겠구나" 하며 웃어주었으나,

"너는 서예를 안 하니 모르겠다만 먹을 갈아 쓰는 게 보통

일이 아니다. 다른 할 일도 많고 바쁜데 붓글씨까지 쓸 여유가 없다."

"꼭 붓으로 안 써도 집에 있는 근하신년 스탬프 찍고 볼펜으로 후딱 쓰면 되지."

"붓으로 정갈하게 쓰지 않으면 싫다. 모두들 훌륭하게 써서 보내줬잖니."

흐려졌다고는 해도 '노부토모 고즈키'로서의 자존심은 건재한 것이다. 멋지게 쓰고 싶다. 하지만 그럴 수 없다는 사실을 알고 있으니, 특히나 딸이 보는 앞에서는 더더욱 쓰고 싶지 않은 것이다. 그렇다고 답장을 안 할 수도 없는 노릇이라 결국 도쿄로 돌아가기 전날 엽서의 주소와 이름은 내가 쓰고 뒷면에는 근하신년 스탬프를 찍은 다음 엄마에게 붓펜을 건네며 말했다.

"한마디 정도만 써볼래요?"

체념한 엄마가 쓰기 시작했다.

혹시 못 쓰면 어쩌지…. 사실 티는 안 냈지만 상당히 불안했다. 비록 글자는 비뚤름했어도 엄마는 실수 없이 제대로 썼다.

올해도 좋은 한 해 보내시기를.

아, 아직 글자는 정확히 쓸 수 있구나, 싶어 안심했으나 두 번째 연하장에 '좋은 올해도 보내기를'로 쓰고 말았다. 어떻게 반응해야 할지 몰라 눈치를 보는데 엄마가 선수를 쳤다.

"어머, 틀렸네. 어쩌나. 너 필요하니? 너 줄까?"

아, 엄마 이렇게 나오는 거야? 실수를 감추려고 이야기를 딴데로 돌리는 연막작전으로 나온다 이거지? 뭐 그래도 우울해하는 모습을 보는 것보다야 훨씬 좋다.

"그럴게. 나 줘요. 엄마가 써준 올해의 연하장 기념으로 가져갈게."

말하면서 그런 생각이 들었다. 엄마에게 자필의 연하장을 받는 건 올해가 마지막일지도 모르겠다고.

6

"내게도 사나이의
　미학이란 게 있다"

　　　　　　　　　　　　　　　　:
　　　　　　　　　　　　　　　　:

"요개호인정을 신청해서 간병 서비스를 받으면 어떨까요?"

　부모에게 처음 이 말을 꺼낸 건 2015년 4월에 짧은 휴가를
얻어 내려왔을 때의 일이었다.

　엄마가 치매 진단을 받은 지 1년 남짓. 내려올 때마다 새로
운 모습을 발견하게 되고 그럴 때마다 "내가 내려와서 같이 살

까?" 하고 제안해보지만,

"됐다, 아직은 괜찮다. 내가 건강한 동안에는 내가 돌볼 수 있대도."

아버지는 완고하게 뿌리쳤다.

부끄럽게도 나는 아버지의 말에 기댄 채 도쿄에서 계속 일했고 결과적으로 본가에서는 여전히 86세 치매 엄마와 94세 아버지 둘만의 생활이 계속되었다. 걱정되는 마음에 매일 부모에게 전화를 걸어 안부를 물었다.

"어떻게 지내요? 아픈 덴 없고?"

그러면 아버지와 엄마는 매일 판에 박은 듯 밝은 목소리로 대답했다.

"괜찮다. 우린 잘 있다. 너는 어떠냐? 건강한 게지?"

…그런데 생각해보니 딸의 안부 전화에 안 괜찮다고 대답할 부모가 과연 있을까? 사실은 괜찮지 않아도 자식에게 걱정시키고 싶지 않아 괜찮다고 대답하는 게 아닐까.

그 생각을 하게 된 건, 4월에 내려와서 집 곳곳을 점검하다 새로운 문제를 발견했기 때문이다. 냉장고에 곰팡이가 핀 밥이 들어 있었다. 먹고 남은 밥을 엄마가 플라스틱 저장 용기에 담아놓고 잊어버린 채 오랫동안 방치해둔 것이다. 그래도 그나마 안심했던 건 엄마에게 "이런 게 들어 있던데" 하면서 곰

곰팡이 핀 밥을 내보이니, "어머, 이건 이제 못 먹겠네. 밥 함부로 대하면 벌 받는데, 이건 버려야겠구나" 하며 그 자리에서 버렸다. 아, 아직은 먹을 수 있는 건지 없는 건지 판단은 서는구나. 그렇다면 상한 음식을 먹을 걱정은 없겠다.

그러나 아버지에게 이 이야기를 하자,

"나는 상한 음식을 알아보니 괜찮다만, 네 엄마가 일전에 설사를 했다. 아무래도 상한 음식을 먹은 게 아닌가 싶다."

별일 아니라는 투로 말하는 것이다.

"네? 엄마가 설사를 했다고요? 언제요? 통화할 땐 그런 말 없었잖아요."

놀라서 물으니,

"네 엄마도 네게 일일이 말 안 한다. 부끄러운 게지."

아무래도 화장실에 도착하기 전에 복도에서 실례를 한 모양인지 열심히 닦고 있더란다.

"내가 뭐 때문에 매일 전화하는 것 같아요? 그런 일이 있으면 아버지가 내게 알려줘야죠."

그러나 아버지에게도 이유는 있었다.

"네 엄마가 내게도 숨기려고 그렇게 필사적으로 복도를 닦고 더러워진 바지를 빠는데 내가 너한테 말할 수 있을 것 같으냐?"

그야 그렇지만. 뭐지, 이 자존심 센 아내와 그런 아내를 감싸는 남편의 합작 플레이는….

두 사람의 강한 유대에 나도 모르게 감탄하고 말았으나 지금은 감탄하고 있을 때가 아니다. 딸로서 그런 이야기를 들으면, 이번 설사 사건이야 우연히 말이 나온(?) 바람에 아버지가 알려주었다지만 둘이서 내게 숨기고 있는 '안 괜찮았던 일'이 더 있는 거 아닌가 하는 의심이 든다.

이번에는 설사에서 그쳤지만 더욱 위중한 사태가 일어날 수도 있다. 내가 본가로 돌아와 함께 사는 것에 아직도 거부감이 든다면 슬슬 간병 서비스를 이용해야 하지 않을까.

이를테면 요양보호사가 정기적으로 방문해 냉장고나 찬장을 확인해주면 오래된 음식을 먹고 배탈이 나는 일은 없을 거다. 그리고 도시락이나 사 온 반찬들로만 끼니를 챙기는 것도 걱정이었다. 그렇게 하면 신선한 채소를 충분히 드실 수 없다. 집안일을 지원하는 형태로 요양보호사가 방문해 일주일에 몇 번 균형 잡힌 음식을 만들어주면 좋지 않을까….

다음 날 두 사람이 아버지가 내린 커피를 마시며 느긋하게 쉬고 있을 때를 노려 이야기를 꺼냈다. 엄마 앞에서는 '치매'라는 단어를 도저히 쓸 수 없어서 어쩌다 보니 빙빙 에두른 말이

돼버렸지만.

"이제 두 사람 모두 나이가 있으니까 둘이서만 생활하면 위험한 일도 생길 거예요. 어차피 노인장기요양보험 들어 있는 거 요양보호사 방문 서비스를 받는 게 좋지 않겠어요?"

먼저 반응한 사람은 아버지였다.

"내게도 사나이의 미학이란 게 있다. 내 몸이 허락하는 한 남 신세는 지고 싶지 않다. 네 엄마 돌보는 것 정도는 아직 내가 할 수 있다. 집에 남이 들어오면 나도 네 엄마도 신경 쓰인다, 거절하마."

내 눈에 흙이 들어가기 전에는 절대로 내 집 문지방을 못 넘는다고 할 정도의 기세다. 엄마도 냉큼 편을 든다.

"나도 싫다. 보호사인지 뭔지, 누가 집에 온다고 하면 집을 정리해야 하잖니. 깨끗하게 청소도 해야 하고 차나 간식도 내놔야 하고. 내 일만 늘어난다."

음, 엄마에게도 엄마 나름의 이유가 있겠지. 확실히 오랜 세월 살림을 꾸려 온 주부의 발상이다. 실상은 그런 일을 할 수 없게 되었으니 보호사의 도움을 받자고 말하는 건데.

그나저나 아버지는 분명 반대할 거라 예상했으나 엄마의 완고함은 조금 의외였다. 자식이 부모를 칭찬하자니 낯간지럽지만, 엄마는 원래 사람을 좋아하는 성격이어서 집에 놀러 오는 친구가 많았다. 예전 같았으면 어떤 손님이건 크게 반기며 "어서 들어와요. 이 과자도 맛있으니 먹고 가요" 하면서 이것저것 대접했을 텐데… 역시 치매에 걸리면 남이 온다는 소리만으로도 거부 반응이 일어나는 건가. 그 때문에 집 청소며 손님과 얼굴을 마주하고 담소를 나누는 모든 일이 성가셔지는구나.

여하튼 이렇게 아버지와 엄마의 맹렬한 반대를 만나 나의 '간병 서비스 도입 작전' 제1막은 보기 좋게 깨졌다. 어떻게 해야 할지 막막했다. 나에게는 아직 돌아오지 말라고 하지 간병 서비스도 거부하지. 둘이서 잘 지낼 수 있다고 주장하는 아버지와 엄마. 하지만 치매가 진행돼가는 엄마를 귀가 어두운 90대 중반의 아버지가 언제까지 케어할 수 있을까.

아버지는 내과적인 병은 전혀 없는 건강 그 자체이지만 80대 후반쯤부터 매우 빠르게 귀가 어두워졌다. 본인도 어떻게든 해보려고 병원을 다녔으나 나아지지 않았고, 몇 번인가 아버지를 보청기 전문점에 데려갔지만,

"보청기는 싫다. 듣고 싶은 소리 말고도 잡음이 들려서 머리가 아프다."

아버지가 원하지 않아 효과적인 대책을 마련하지 못했다. 그 결과 아버지에게 말을 걸어도 같은 말을 세 번은 해야 통할

정도의 난청에 이르렀다. 그것도 귓가에 바싹 붙어서 말을 하거나 상당히 크게 소리를 내어야만. 엄마에게 무슨 일이 생겼을 때 귀가 먼 아버지가 못 알아차리면 어쩌지…. 확실히 그게 가장 걱정이었는데 실은 그것 말고도 걱정되는 일이 더 있었다. 엄마가 몇 번 아버지에게 말을 걸었는데 못 듣거나 들어도 이야기가 자꾸 어긋나니 아버지와의 소통을 차츰 단념하게 된 것이다.

건강할 때의 엄마는 아버지가 못 알아들었다 싶으면 아버지에게 가까이 다가가 귓가에 대고 이야기를 했기에 문제가 없었다. 그러나 치매에 걸린 이후로는 못 들으면 가까이 가서 이야기한다는 생각이 안 떠오르는지, 멀리서 몇 번이나 소리를 지른다.

"엄마, 그렇게 소리 지르지 말고 가까이 가서 귀에 대고 말해야 아버지가 알아듣지."

내가 아무리 말해도 고집불통처럼 멀리서 큰 소리로 같은 말을 반복한다. 그리고 결국에는,

"몇 번이나 말해도 듣지를 않아. 네 아버지는 나를 바보 취급하지. 됐다."

언짢아져 대화를 관두는 것이다.

"아버지가 바보 취급하는 게 아니라 귀가 안 들리잖아. 아버

지, 엄마 이야기를 잘 들어줘야 해요."

"무슨 소리냐? 당신 나한테 뭐라 했어? 무슨 일인 게야?"

이제야 비로소 알아차린 아버지.

내가 있을 때야 이렇게 두 사람 사이를 중재할 수 있지만, 둘만 있을 때에는 대체 어쩌고 있으려나. 엄마가 멀리서 몇 번이나 아버지에게 말을 걸지만 아버지가 못 알아들어 "뭐라고?" 되물으면, 엄마가 또다시 멀리서 같은 말을 반복하며 대화는 전혀 앞으로 나아가지 않는다. 상상하는 것만으로도 스트레스가 쌓일 것 같다. 이 짜증 나는 상황은 엄마의 치매에도 안 좋을 텐데.

무엇보다 그런 아버지와의 대화가 귀찮아졌는지 엄마가 입을 다물어버린 것이 걱정이었다. 아버지는 활자를 좋아해서 내내 신문을 읽고 있으니 가만히 있어도 두뇌를 풀가동하고 있지만 엄마는 치매에 걸린 이후로는 신문도 안 읽고 TV도 보지 않아서 아버지와 대화를 나누지 않으면 외부로부터의 자극은 좀처럼 얻을 수 없다.

치매 환자에게는 적절한 자극이 필요하다고 한다. 엄마의 치매 진행 속도를 늦추려면 귀가 안 들리는 아버지와 둘이서 보내는 것보다는 역시 요개호인정을 신청해 간병 서비스도 받고 외부인과 접촉하는 게 좋지 않을까….

이 무렵의 엄마는 하루 종일 앞치마를 두르고 서 있었다. 딱히 할 일이 없을 때도 그랬다. 엄마는 이미 요리를 할 수 없는 상태여서 직접 만들지는 않았는데, 식사 후에 설거짓거리가 나오면 "내 차례가 겨우 돌아왔네" 하면서 의욕 넘치게 씻어댔고 내가 거들려고 하면 저지했다.

"네가 밥을 해줬으니 엄마가 할게. 쉬어라."

주방에서 엄마가 활약할 수 있는 역할은 식사 뒷정리뿐이었다. 뒷정리를 하고 있으면 '가족에게 도움이 되었다' 싶어 안도하는 것이다. 그 마음이 강하게 전해져 나도 엄마에게 맡기고 있다.

그릇이나 냄비를 씻고 닦아 정리한다. 가스레인지나 싱크대도 행주로 깨끗하게 닦는다. 그리고 음식물 쓰레기를 모아 뒤뜰의 큰 쓰레기봉투에 버리러 간다. 과거와는 비교도 안 될 만큼 시간이 걸리지만 엄마의 손을 거친 주방은 예전과 똑같이 반짝반짝 윤이 났다. 가스레인지 주변의 기름때는 말끔하게 닦여 있고 스테인리스 싱크대도 얼굴이 비칠 정도다.

요리는 할 수 없어도 주방은 역시 엄마의 영역이다.

정리가 끝나고 반짝반짝 윤이 나는 주방에서 더는 할 게 없는데도 엄마는 계속 그 자리에서 바스락거리고 있었다.

"엄마, 뭐 해?"

"아니, 딱히 뭘 하는 건 아닌데⋯."

비밀을 들킨 사람처럼 수줍게 웃으며 얼버무리는 엄마. 대체 뭘 하고 있었는지 지켜보자 아무래도 조금 전 수납장에 넣은 그릇과 냄비가 정말로 제자리에 놓였는지 확인하고 있던 모양이다.

"이건 여기가 맞아."

"이건 저쪽에 뒀었나?"

중얼중얼 혼잣말을 하며 그릇을 꺼냈다가 넣기를 반복한다. 나는 눈물이 날 것 같아 조용히 그 자리에서 벗어났다.

모든 조리 기구와 그릇에는 엄마가 수십 년간 사용하기 편하도록 정해놓은 각각의 위치가 있다. 그러고 보니 치매 초기에는 직접 요리를 하던 엄마가,

"프라이팬을 어디에 뒀더라?"

"질냄비는 어디에 있지?"

하고 내게 묻는 일이 자주 있었다. 내가 본가에 없을 때는 놓을 자리를 몰라서 찾아다닌 적도 여러 번 있었을 거다. 최근에는 그런 말이 없어 나로서는 치매가 더 진행되어 그마저도 신경을 안 쓰게 되었나 생각했었다. 사실은 위치를 잊지 않으려고 엄마 스스로 노력하고 있었구나⋯. 움직이지 않는 머리에 어떻게든 주입시키려 몇 번이나 꺼내고 넣기를 반복하면서.

자신의 영역 안에 있는 물건은 확실하게 전부 파악해두고 싶다. 흐트러진 부분이 있다면 차분히 자신의 힘으로 복구하고 싶다. 이를 위해 엄마는 '농성'하고 있는 것이다. 엄마의 주부로서의 긍지를 본 것 같아서 엄숙한 기분이 들었다.

엄마의 주방 점검은 낮에는 내가 다음 식사 준비를 위해 주방에 들어서기 전까지, 그리고 저녁 후에는 내가 "엄마 이제 자자" 하고 말을 걸기 전까지 계속되었다. 그릇 위치 확인이 끝났다 싶으면 그 이상 깨끗해질 수가 없는 가스레인지나 조리대를 다시 닦거나 내가 용기에 넣어둔 냉장고의 식재료를 하나하나 열어 확인해본다.

하루 종일 주방에 박혀 수납장이나 냉장고를 열었다 닫았다 하는 엄마는 분명 자신이 바쁘게 일한다는 생각으로 주방을 서성일 것이다. 나는 그 모습을 보며 역시 간병 서비스 도입은 어렵겠구나 싶었다.

이 주방에 요양보호사라는 타인을 들이는 건 엄마의 자존심에 큰 상처를 남기는 일이 될 것 같다.

7

"너 는 네 일 을
하 면 된 다"

:
:

다음에 내려왔을 때 아버지와 직접 담판을 지었다.

　그전까지는 막연히 "내가 돌아와 함께 생활하는 게 좋지 않
겠어요?" 하고 물어보기만 한 터라 다시 한 번 제대로 가족회
의를 해야겠다고 생각했다. 아버지에게도 엄마에게도 간병 서
비스를 단칼에 거절당했기 때문에 '그렇다면 역시 내가 돌아

오는 수밖에 없잖아!' 하는 적반하장의 마음도 있었다.

아버지의 의견은 한결같았다.

"우리 걱정은 마라. 내가 아직 건강하니 네 엄마는 내가 책임지고 돌보마. 나 혼자 감당할 수 없어지면 네게 바로 의논할 테니 그때까지는 내게 맡겨다오."

아버지는 평소 의협심이 넘쳐 자신이 가족을 지켜야 한다는 의식이 강한 남자다 보니 이렇게 나오는구나 싶었다. 그러나 이 시점에서 아버지의 나이는 이미 94세다. "어이쿠, 귀찮아"가 입버릇이었으며 분명 매일 숨 쉬는 것만으로도 고단했을 거다. 진즉에 수발을 받아도 전혀 이상하지 않을 나이인데 엄마 간병까지 혼자서 한다니.

"나 정말 아무렇지도 않아요, 돌아와도 상관없다니까요, 나도 엄마가 걱정돼, 나한테 미안해할 일이 전혀 아니라고요."

그러자 아버지가 말했다.

"아니다, 너는 네 일을 해라. 애써 하고 싶은 일을 하고 있잖느냐."

아, 역시. 아버지는 그렇게 생각하고 있구나. 내가 하고 싶은 일을 그만두고 돌아오는 것은 아버지에게도 좌절이 되는구나….

"네가 하고 싶은 일을 해라."

나는 지금껏 살아오면서 아버지에게 이 말을 몇 번이나 들었다. 아버지는 가정교육에 관해서는 엄마에게 맡기고 거의 참견하지 않았기에 이것이 아버지의 유일한 교육 방침이었다고 할 수 있다. 그리고 거기에는 아버지 자신이 '하고 싶은 일을 하지 못했다'는 원통함이 짙게 그늘져 있었다.

늘 콧노래를 부르는 게 아버지의 오랜 버릇이다. 나는 태어나서부터 줄곧 아버지의 콧노래를 들으며 자랐지만 사실 레퍼토리는 지극히 적어 부르는 노래는 매번 똑같다.

붉게 움트는 언덕의 꽃 연둣빛으로 빛나는 강가
교토의 꽃을 드높여 부르면 요시다산에 고운 달이 걸리네

이 노래는 제2차 세계대전 이전의 구제 제3고등학교(지금의 교토대)의 학생 기숙사 노래다. 까다로운 가사지만 나도 아기 때부터 들어온 터라 보지 않고도 부를 수 있다. 왜 이 노래일까…. 그건 아버지가 구제 제3고등학교(줄여서 삼고)를 다니고 싶어 했기 때문이다. 하지만 전쟁과 부모의 반대로 그 꿈은 이루어지지 않았다.

어린 시절 아버지에게 귀에 못이 박히도록 들은 이야기가

있다.

"나는 사실 삼고를 다니며 언어학을 배우고 싶었다. 하나 가지 못했지. 그게 지금도 원통해서 견딜 수가 없구나."

'원통'이라는 말의 의미를 나는 초등학교에 올라가기 전부터 알고 있었던 것 같다. 아버지가 몇 번이나 입에 올리던 단어였으니까.

1920년에 태어난 아버지는 구제중학교에서 처음으로 영어를 접하고 일본어 문법과의 차이에 놀라 '미국과 유럽 사람은 애초에 일본인과 사고법이 다르지 않을까. 그것을 연구하고 싶다'는 생각이 들었다고 했다. 그리고 당시 서일본의 남학생에게는 삼고가 가장 동경하는 학교였으며, 그곳에서 비교언어학을 공부하고 싶었다고 한다. 그러나 조부가 삼고 입시를 맹렬하게 반대했다.

"너는 우리 쌀집(친가는 쌀가게를 했다)을 이어받을 사람이다. 언어학은 필요 없다. 정 공부가 하고 싶으면 장사 공부는 내가 시켜주마."

그 말에 다카마쓰고등상업학교(지금의 가가와대 경제학부)에 진학했다. 그러나 언어학에 대한 마음을 단념하지 못해 독학으로 공부를 계속해왔던 모양이다. 몰래 삼고 입시 준비도 한듯한데 1943년 조부가 뇌출혈로 급사하면서 장남이었던 아버지는 두 여동생을 먹여 살리기 위해 시험을 포기하고 일을 할 수밖에 없었다. 그 지난해부터 국책으로 쌀이 배급제로 분배되며 친가의 쌀가게도 문을 닫았다. 아버지는 구직 활동부터 시작해야 했다.

그리고 태평양전쟁이 격화되어 아버지도 징병으로 육군에 입대해 포병대에 배속되었다. 적국의 언어인 영어를 공부하고 싶다고 말할 수 있는 분위기가 아니었다. 해군사관학교나 국립대에 들어간 엘리트였던, 아버지의 죽마고우들은 중국 대륙이나 태평양 섬으로 출정했다가 대부분 전사했다고 한다.

"참으로 안타까운 일이었지. 미래를 짊어지고 일어설 우수한 청년들이 남쪽 섬으로 보내져서는 굶거나 말라리아로 죽어 갔다. 우수한 녀석들이 죽고 나만 살아남아 미안했어. 전쟁 이후 쭉 그런 마음이었다."

아버지는 허약한 체구로 '병(丙)' 등급 판정을 받아 결과적으로는 다행스럽게도 전쟁터로 파병되지 않았다. 히로시마의 연병장에서 병역을 이행했는데 히로시마에 원폭이 투하된 8월 6일에는 구레의 본가에 돌아와 있을 때라 기적적으로 피폭을 면했다고 한다.

그런 의미에서는 아버지가 전쟁에서 살아남은 것만으로도 행운이었을지 모르겠다. 그러나 전쟁과 전쟁 이후의 동란기에 모친과 두 여동생을 지켜야 했던 아버지는 '언어학을 공부하고 싶다'는 오래된 꿈에 끝내 닿지 못한 것이 어지간히 분했던 모양이다.

"나는 하고 싶은 것을 결국 못 했다. 그게 원통해서 견딜 수가 없어. 내 딸에게만큼은 그런 경험을 절대 시키고 싶지 않다. 너는 네가 원하는 일을 해라."

그것이 아버지의 일관된 자세였다. 아마도 유일한 교육 방침이었다.

덧붙여 아버지의 콧노래 레퍼토리에는 한 곡이 더 있다. 재즈 싱어이자 배우였던 딕 미네가 부른 가요 〈인생의 가로수 길(1937)〉(우리나라 가수 남인수가 '임자 없는 남매'로 번안하여 불렀다-옮긴이)이다.

누이야 울지 마라 울지 마라 누이야
울며는 어릴 적에 우리 남매가 정든 고향 떠나온 보람이 없다
찔레꽃 흩어지는 노을 물든 고향 길
가슴을 움켜잡고 울던 오빠의 눈물 맺힌 부탁을 잊었단 말이냐

이 노래를 신음하듯 부르는 아버지를 볼 때마다 나는 가만히 '어린 나이에 아버지를 여읜 뒤 진학을 포기하고서 고생해가며 두 여동생을 시집 보낸 과거의 자신을 겹쳐 보고 있나?' 생각한다.

내가 18세에 도쿄대에 진학해 상경한 것도 지금 생각하면 아버지가 훌륭하게 유인한 성과였을지 모른다. 1980년 당시 고등학교를 졸업한 18세 딸을 도쿄에 홀로 보내 공부시킨다는 건, 부모 세대에서는 아직 거부감을 느끼던 때였다. 내가 자란 구례에서는 여자는 결혼하기 전까지 부모와 함께 생활하는 것이 일반적이었다. 그러나 아버지는 달랐다. 우물 안 개구리가 되지 말고 넓은 시야를 가지라고 내게 입버릇처럼 말했다.

한편 고등학교 시절의 나로 말하자면 10대 특유의 좁은 시야로 아버지를 비판적으로 보았는데 당시 일기를 읽어보면 신랄한 말이 가득하다.

"아버지처럼 하고 싶은 일을 못 하고 후회하는 인생은 싫다."

"아버지는 그렇게 원통하면 지금부터라도 행동하면 될 텐데."

지금이야 아버지가 엄마와 나를 먹여 살리기 위해 정작 하고 싶은 건 참으며 일해온 것임을 이해하지만 그 당시의 딸은 잔혹했네. 아, 부끄럽다.

아마 아버지도 딸의 반발심을 눈치채고는 있었을 텐데, 그

것을 원동력 삼아 딸이 넓은 세상으로 뛰어나간다면 숙원을
이룬 것이라 생각하지 않았을까.

나는 어릴 때부터 활자를 좋아하는 아버지의 영향으로 독서
를 즐겨 직접 소설 같은 것을 써보고는 했다. 한편 엄마는 영화
를 보거나 수채화를 그리고 사진을 찍는 것이 취미인 사람이
었는데 나는 그 영향으로 시각적인 표현에도 흥미를 보였다.
어쨌든 분명 남들 눈엔 웃길 만큼 자의식이 과잉된 문학소녀
였을 것이다.

그리고 18세 무렵에는 영상이건 문장이건, 내 나름대로 표현
해나가는 것을 직업으로 삼아야겠다고 생각했다. 작가 무코다
구니코를 동경해 나도 도쿄에 가서 승부를 보고 싶다고 마음먹
게 된 것이다. 아버지는 그런 나의 결심을 크게 반겨주었다.

"그러냐, 네가 하고 싶은 일이 그건 게야? 그렇다면 마음껏
해보거라. 부모로서 할 수 있는 건 뭐든 해줄 테니."

그리고 이렇게도 말했다.

"하고 싶은 일을 할 수 있는 녀석은 강하단다. 앞으로 네 인
생에 여러 일들이 있겠지만 하고 싶은 일을 하면 힘들 때에도
마음은 즐거울 게다."

그 이후 40년 가까이 '하고 싶은 일을 하며 도쿄에서 일하는

나'를 아버지는 무슨 일이 있어도 흔들림 없이 응원해주었다. 엄마도 생각이 같아서 두 사람이 늘 멀리서 나를 지켜주었기 때문에 지금껏 도쿄에서 힘을 낼 수 있었다고 생각한다.

대학 졸업 후 취직한 모리나가제과를 2년 만에 관두고 방송 제작 회사에서 일하겠다고 말했을 때에도 보통의 부모라면 "기껏 대기업에 들어가놓고 아깝게 관두겠다니"라며 반대했을 텐데 아버지는,

"언젠가는 그리 말하리라 생각했다. 그게 네가 하고 싶은 일이라면 우리는 반대 안 한다. 후회하지 않도록 잘 생각해서 결정하거라."

라며 불안정한 신분이 될 것을 충분히 알면서도 따뜻하게 지지해주었다.

다큐멘터리가 주는 재미에 눈을 떠, 먹고 자는 것도 잊고 일에 몰두하던 30대 무렵에는 완전히 일에 빠져 사느라 집에 내려가는 일도 뜸했는데 가끔 내려가서 아버지에게 일의 보람을 이야기하면 언제나,

"그러냐, 다행이구나. 하고 싶은 일 하는 게 제일이지."

손뼉을 치며 기뻐했다. 방송을 만들 때마다 부모에게 알렸는데 방송 날짜를 전하면 아버지는 방송 시간 한참 전부터 TV 앞에 앉아 있었던 모양이다.

"아버지는 네 방송이 시작되기 한 시간도 전부터 앉아서는 이웃집에 들리지 않을까 걱정될 만큼 큰 소리로 틀어놓고 TV를 본다."

엄마가 웃으며 말하던 것이 떠오른다. 전화를 바꾼 아버지에게 내가,

"한 시간 전부터 보고 있어도 안 해요, 시간이 돼야 시작하죠"

하고 놀리자,

"나는 귀가 먹어서 네 방송 시간에 무슨 말을 하는지 알아들으려면 TV 소리에 익숙해져야 할 시간을 가져야 한다. 그래서 일찍부터 TV를 켜고 귀를 적응시키는 게다."

그리고 매번 이렇게 말했다.

"내가 네 방송 제일의 팬이다."

내가 만든 방송이 아버지에게는 미지의 세계다. 예를 들어 현대 젊은이들의 생태를 그린 다큐멘터리일 때면,

"호오, 요즘 젊은이들은 이러는 모양이구먼. 재미있네."

자극을 받아 직접 책을 사서 공부했다. 그래서 본가에는 '코스플레이어(코스프레를 하는 사람들-옮긴이)'나 '초식남(초식동물처럼 온순하고 섬세하며, 자신의 취미 활동에는 적극적이나 이성과의 연애에는 소극적인 남성-옮긴이)'에 관한 책이 지금도 있다.

그리고 나의 가장 큰 위기, 아마도 지나치게 일에 몰두한 탓

에 45세에 유방암에 걸렸을 때 그 와중에도 일을 계속하려는 나를 아버지는 억지로 말리지 않았다.

"내가 말린다고 일을 관둘 너도 아니고, 네 몸은 네가 가장 잘 알 테니 몸을 망가뜨리면서까지는 하지 마라. 이 아비도 네 엄마도 네 건강이 제일 중요하니까."

이건 뭐 일반적인 충고다. 그러나 아버지는 이렇게도 말했다.

"너도 암에 걸리고 인생관이 바뀌었을 게다. 앞으로는 네 작풍도 바뀌겠구나."

내가 도쿄에서 원하는 일을 오랜 시간 해오는 동안 아버지와 나 사이에는 '하고 싶은 일을 못 한 아버지의 원통함을 딸인 내가 풀어드렸다'는 희한한 연대감 같은 것이 움튼 것 같다. 아버지에게 바통을 이어받아 아버지의 원통함을 풀어야 하는 릴레이 주자로 달리고 있는 기분. 치매에 걸린 아내 곁에서 아버지는 이렇게 생각했을 것이다.

'나오코는 도쿄에서 하고 싶은 일을 하며 힘들게 노력하고 있다. 치매에 걸린 엄마를 아버지 혼자 못 돌본다는 이유로 딸이 일을 관두고 돌아오게 된다면 나는 내 자신을 용서 못 한다.'

그래, 내가 하고 싶은 일을 관두고 돌아가면 아버지는 분명 크게 좌절할 거다. 그거야말로 아버지에게는 '원통함'인 것이다.

그럼 어떻게 해야 하나?

내가 돌아오면 아버지는 상처 받는다, 그렇다고 간병 서비스를 받으려 하는 것도 아니다.

정말로 늙은 두 사람이서 해나갈 생각일까?

아버지의 말도 이해는 된다. 부부 둘이서 서로를 지탱해가며 천천히 시들어가는 것, 그건 그것대로 하나의 미학일지 모른다. 아버지도 엄마도 서로를 신뢰하는 둘만의 생활이 정신적으로는 충만해 보여서, 이대로 아무에게도 알리지 않고 둘이서 사이좋게 영원히 시들어버리고 싶다고 한다면 그것을 말릴 권리는 누구에게도 없다.

그러나 그게 영화나 소설이라면 아름답겠지만 현실이라면? 이웃들은 그런 우리 집을 어떻게 생각할까?

아버지와 엄마의 지금 상황은 저널리스트의 눈으로 보면 확실히 '사회적 은둔형 외톨이'가 아닐까?

그렇게도 사람이 자주 드나들던 활기찬 집이었는데 엄마가 치매에 걸린 이후로 엄마는 물론이고 아빠마저도 엄마를 남들 눈에 띄게 하는 것이 싫은 건지 방문자를 집에 들이지 않고 현관 앞에서 돌려보내기 시작했다. 그러자 수시로 놀러 오던 사람도 눈치를 보더니 거의 찾아오지 않게 되었고. 벌써 몇 년째 우리 집 손님방에서 편안하게 쉬고 있는 방문자를 본 기억이 없다.

그런 눈으로 살펴보니 집은 예전처럼 구석구석 손길이 미치지 않아 있었고 창틀이나 선반 위에는 먼지가 쌓였으며 정원수도 무성하게 자란 상태. 남이 보면 정말로 '은둔형 외톨이의 집'이다.

어떻게 하는 것이 옳은지 아무리 생각해봐도 정답은 없다. 그러나 시간은 흐르고 엄마의 병은 진행되고 있기에 답을 내지 않으면 안 된다. 아버지와 엄마의 존엄도 있다. 체면도 있고 나의 생활도 있다. 어쩌나….

중압에 짓눌렸던 시기, 당시에는 알아차리지 못했는데 뒤돌아보니 나는 상당한 우울증 상태였던 것 같다.

그때였다. 엄마가 자신의 고통을 처음으로 내게 말한 것은.

8

"대체 왜, 이렇게 중요한 날에.
모처럼 네가 왔는데"

:

히로시마 공항버스가 본가 근처에 정차하기 때문에 주로 비행기를 타고 구레에 내려왔다. 2014년과 2015년에도 둘이서 틀어박혀 있는 부모가 걱정되어 다섯 번 정도 찾았다. 공항버스에 탈 때마다 가슴이 점점 무거워져 괴로웠다. 본가에 가까워질수록 불안도 커졌다.

엄마는 어떻게 변해 있을까?

안 본 사이에 병이 더 진행되지는 않았을까?

전화로 대화를 나눌 때는 나를 알고 있는 듯한데 내 얼굴을 보고 만에 하나 못 알아보면 어쩌지?

이런저런 불길한 생각이 떠올라 집에 가는 일이 갈수록 무서워졌다.

엄마가 건강했을 땐 똑같은 버스에서 흔들리면서도 얼른 부모를 만나고 싶다, 어떤 얼굴로 맞아줄까, 생각하면서 설레던 기억이 떠올랐다. 그것이 얼마나 축복받고 고마운 상황이었는지 새삼 느껴져 눈물이 났다.

아버지와 엄마 둘이서 버스 정류장까지 마중을 나온 적도 있었는데, "너는 매번 짐이 많구나" 하면서도 아버지는 내 짐을 들어주었고 셋이서 어깨를 나란히 맞대고서 집으로 향했는데, 그때는 아버지도 엄마도 빠른 걸음으로 기운차게 걸었는데….

2015년 연말에 내려왔을 때는 엄마의 옷차림에 놀랐다.

자잘한 가로줄무늬 긴소매 티셔츠에 가로줄무늬 조끼를 입고 있었다. 줄무늬에 줄무늬를 매치하다니, 보수적인 패션을 좋아했던 예전의 엄마라면 절대로 하지 않을 조합이다. 거기에 색도 뒤죽박죽. 확실히 눈앞에 보이는 옷을 대충 집어 입었다고밖에 생각되지 않았다. 뭐, 겨울에 반팔을 안 입고 있는 것만으로도 다행이지만.

걱정이 되어 엄마의 옷장 서랍을 열어 보니 예전에는 반듯하게 개어져 수납되어 있던 속옷은 어수선하게 어질러져 있고 속옷이며 겉옷, 스커트, 바지가 죄다 뒤섞인 채 빈틈없이 가득 차 있었다.

나는 생각했다. 이건 그야말로 엄마의 머릿속이구나. 서랍을 닫아버리면 알 수 없지만 안은 혼돈 상태다.

엄마는 호소하듯 자신의 불안을 입 밖으로 내기 시작했다.

"내 머리가 이상해졌나 보다. 노망이 났어."

나는 깜짝 놀랐다. 이제까지는 뭔가 실수를 했을 때 농담조로 "치매인가?"라고 말한 적은 있어도, 정확히 밝히자면 자신의 이변은 모르는 척하거나 감추려고 했었는데…. 그러나 아버지는 최근 이 소리를 한두 번 듣는 게 아닌지 별로 놀라는 기색도 없이 선뜻 대답했다.

"누구나 늙으면 이상해져. 나도 자주 잊어버리잖소."

"그럼 다행이지만…."

엄마는 납득이 안 가는 듯했지만 귀가 먼 아버지와 그 이상의 대화는 관둔 모양이다. 자꾸만 머리칼을 양손으로 빗거나 손바닥으로 얼굴을 가리면서 "이상한데, 이상한데"를 반복했다.

그리고 새해가 밝은 2016년 1월 2일의 일이다. 설날에도 그 이튿날에도 내가 만든 설음식을 셋이서 둘러앉아 먹으며 엄마도 "맛있네. 행복해" 하면서 기쁜 얼굴을 보였는데….

그날 저녁 식탁 밑에 주저앉아 카펫에 떨어진 쓰레기를 줍고 있던 엄마가 갑자기 내게 물었다.

"오늘 설날이지? 내 정신 좀 봐라, 설음식을 하나도 안 샀네. 이를 어쩌니?"

"응?"

너무 놀라 되묻는 내게,

"설날이라 가게들도 죄다 문을 닫았을 텐데. 있는 걸로 해결해야겠네. 미안하다. 배고프지?"

"식재료 내가 사 왔잖아. 떡국이며 설음식도 했고."

"했다고? 그런가."

"오늘 아침에는 굴 떡국을 해 먹었잖아? 엄마가 '맛있다, 맛있어' 하면서 기뻐하니까 아버지가 '내 굴도 먹게나' 하면서 나눠줬잖아."

"그래? 그런 일이 있었다고? 잊어버렸구나…."

전혀 기억이 안 난다는 사실이 엄마에겐 충격이었나 보다. 울 것 같은 목소리였다. 아버지는 평소처럼 방에서 콧노래를 부르며 신문을 읽고 있어 이쪽의 상황은 전혀 알지 못했다. 나는 무언가가 시작될 듯한 예감이 들어 엄마가 다음에 어떤 말을 할지 자세를 취하며 기다렸다. 그러자 둑이 터지듯 쉴 새 없이 말이 흘러넘쳤다.

"몰라, 모르겠어. 노망이 났나 보다. 모르겠다. 이게 무슨 일이라니."

그러더니 나를 똑바로 쳐다보며 물었다.

"네 엄마 이상하니? 이상하지?"

이 말에는 나도 모른 체할 수가 없었다.

"음, 이상한 것 같기도 해…."

"어쩌면 좋니."

"엄마는 아무 걱정하지 마. 나도 있고 아버지도 있잖아."

내가 아무리 달래도 엄마는 반복해서 자신의 불안을 이야기했다. 그래도 말끝마다,

"저녁은 어떻게 할까? 뭐 먹고 싶니?"

역시 엄마는 엄마다. "이미 준비해놨어." 내가 대답하자 "아, 그러면 됐다"며 안심하면서도 동시에 내게 미안한 마음이 드는지 혼잣말처럼 툭 중얼거렸다.

"대체 왜, 이렇게 중요한 날에. 모처럼 네가 왔는데. 어떻게 아무것도 모를 수가 있지."

"엄마…."

나는 그만 오열하고 말았다. 내가 집에 오는 것을 엄마는 '모처럼 내려온 중요한 날'로 여기고 있었구나. 요즘이야 걱정 때문에 자주 내려오지만 엄마가 건강하던 때에는 1년에 한 번, 설날에만 내려왔다. 그게 엄마의 인생에 있어서는 '중요한 날'이었구나. 분명 그날을 위해 무엇을 해 먹일지 이것저것 생각하며 기운 넘치게 준비해놓고 만전의 태세로 마중을 나와주었다.

혼잣말 같은 중얼거림에서 엄마의 무조건적인 사랑이 가슴 깊이 느껴졌다. 엄마가 이렇게 기대하고 있는 줄 알았다면 진즉에 더 자주 내려올 걸 그랬다. 일 때문에 내려오지 않은 설날도 있었는데. 그해 설날 엄마는 외로웠겠지. 아버지와 둘이서 설음식을 먹으며 "나오코는 설 잘 보냈으려나" 하면서 이야기를 나눴겠지.

엄마도 울기 시작했다. 딸이 도쿄에서 내려온 중요한 날에 어째서 자신은 이상해져버린 걸까. 딸을 위해 이것저것 해주고 싶은데 아무것도 해줄 수도 없고 오히려 걱정하게 만들었다.

"걱정만 끼치네. 민폐구나. 미안하다. 미안해⋯."

"그런 소리 마. 가족이잖아."

"네게 다 떠넘겨서 미안하구나."

"난 괜찮아, 엄마가 지금껏 다 해줬으니까."

"그러니?"

"그럼, 엄마가 이제껏 해줬으니 이제는 내가 할게."

"내가 해줬었니? 그럼 다행이다만."

"내가 유방암 걸렸을 때도 계속 보살펴줬잖아."

"그렇구나. 아, 그랬었지. 나아서 다행이지."

"그러니까 내가, 이 나오코가 뭐든 해줄게."

"고맙구나. 고마워. 알았다, 알았어."

"엄마가 아무 걱정 안 하도록 내가 다 해줄게."

"응, 고맙구나. 부탁할게. 부탁해."

이 일련의 대화를 영상으로 다시 보면 그날로 되돌아간 듯해 괴로워진다. 그날 엄마와 한 약속을 나는 제대로 지키고 있는 걸까.

엄마는 부탁한다고 말했지만 그 이후에 내가,

"역시 내가 여기로 돌아오는 게 좋겠지?"

물었을 무렵에는 안정을 되찾은 뒤였다. 엄마는 일어나 식탁보의 주름을 펴면서,

"됐다, 돌아오면야 기쁘지만 너도 일이 있잖니. 네 뜻대로 살 거라. 나는 건강하게 있으니."

"이제 건강하지 않잖아, 엄마."

"건강해. 괜찮아. 걱정 안 해도 된다."

"모르는 게 자꾸만 생기잖아."

"알아… 안다."

이어서 엄마는 말했다.

"이 엄마는 무엇보다 네가 원하는 삶을 살았으면 좋겠다. 나는 건강하다. 돌아와도 나는 아무것도 해줄 수 없지만 돌아오고 싶으면 언제든 돌아오렴. 네가 하고픈 대로 해."

지금 영상을 다시 보면서 깨달았다. 엄마는 사실 내가 돌아오기를 바랐다는 걸. 내가 어떻게 했으면 하는지를 몇 번이나 물었지만 엄마는 자신의 말이 딸의 인생을 바꿀 것임을 알고 있었기에 절대로 돌아와달라고 하지 않은 것이다.

나를 생각해 "네가 원하는 삶을 살았으면 좋겠다"고 말했지만 엄마의 진심은 '그야 돌아오면 기쁘지, 돌아오고 싶으면 언제든 돌아오렴'이었구나를 이제서야 알아차린다. 정말로 엄마는 몇 번이나 "돌아오고 싶으면 언제든 돌아오렴"을 반복하고 있었다.

왜 나는 엄마의 진심을 알아차리지 못했을까? 그때는 "이 엄마는 무엇보다 네가 원하는 삶을 살았으면 좋겠다"는 말을 나 좋을 대로 받아들이고서 그 말에 기댄 채 돌아오겠다는 결단을 내리지 않았다.

분명 엄마도 이 무렵이 가장 힘들었을 것이다. 귀가 안 들리는 아버지와 둘이서 지내며, 말을 걸어도 대답이 돌아오지 않는 초조함도 느꼈을 거고 자신의 변화에 대한 불안을 아버지에게 꺼내도 생각의 반밖에 공유가 안 되니 하는 수 없이 단념하고 자신만의 세계에 틀어박히는 나날이었으리라.

하지만 내가 본가로 돌아왔다면 어떻게 되었을까.

아버지와 엄마, 둘이서 틀어박혀오던 생활이 아버지와 엄마와 나, 셋이서 틀어박힌 생활로 바뀔 뿐. 그럴 가능성이 상당히 높지 않았을까 싶다. 아버지도 엄마도 반대하니 간병 서비스도 신청 못 하고 나는 매일 "아무것도 모르게 돼버렸다. 어쩌면 좋아"를 반복하는 엄마와 귀가 멀어 대화가 원활하게 이어지지 않는 아버지 사이에 끼여 정신적으로 내몰렸을지도 모른다. 그렇게 되면 엄마에게도 더 이상 다정하게 대하지 못해 집안 분위기가 껄끄러워지기 시작했을 거다. 그렇게 생각하면 바로 얼마 뒤 우연히 케어매니저와 요양보호사와 연결되어 다시 외부 세계와의 접점이 생긴 일은 정말로 다행이었다.

아버지는 엄마와 내가 울면서 나누던 그날의 대화를 전혀 알지 못한 채 방에서 혼자 기분 좋게 "♪짜란짠짠" 의미 불명의 노래를 계속 부르고 있었다.

이런 아버지의 무사태평한 부분이 사실 나는 좋다. 영상을 보면 엄마가 "나는 앞으로 어떻게 되려나…" 하고 망연자실해하는데 한쪽에서는 아버지가 큰 소리로 "♪짜란짜란" 노래를 부르고 있다. 이게 우리 집의 리얼한 모습이구나 싶어 웃음이 나오기도 한다. 확실히 "인생은 가까이서 보면 비극이요, 멀리서 보면 희극"이라는 채플린의 말대로다.

아버지는 귀가 어두우니 '싫은 소리가 들리지 않아서 행복할지도 모르겠다'고 생각한 적도 있다. 특히 앞으로 엄마는 하루에 두세 번 정신이 들면 "내가 노망이 났다. 어쩌면 좋아"를 시작할 테고, 이는 시간이 흐를수록 점점 심해져 "나는 짐이야. 없어지는 게 낫지"에서 결국 "차라리 죽고 싶다. 죽여줘!"가 될 테니까, 그 소리를 매일 들어야 한다면 역시 싫다. "죽여줘!"의 때가 되면 나는 고작 며칠 만에 짜증이 나서 스트레스가 폭발하기 전에 도쿄로 도망쳤을 거다.

바라건대 아버지에게는 그 대부분이 들리지 않았기를….

그럴 리 없겠지.

엄마의 폭언을 끈기 있게 받아준 아버지를 나는 정말로 존경한다.

고립된 우리 집에 새로운 바람이 불어온 것은 2016년 3월.

아버지와 엄마의 영상을 TV 방송으로 소개해보지 않겠냐는 제안을 받았다.

계기는 기적과 같은 우연에서였다.

9

"이 노부부는
누구세요?"

⋮

2016년 3월 2일. 당시 후지TV의 정보 프로그램 〈Mr. 선데이〉
총연출자였던 다카시 씨에게서 갑작스런 연락을 받았다.

"나오코 씨, 치매 어머님을 촬영해오고 있다고요? 치매에 걸
리시기 전부터 촬영했죠? 정말 대단한 일입니다. 치매 환자의
다큐멘터리는 본 적이 있지만 치매일지도 모른다고 고민하는

과정을 전부 찍은 다큐멘터리는 본 적이 없어요. 꼭 저희 방송에서 특집으로 내보내고 싶은데 어떠세요?"

"네? 어디에서 들으셨나요?"

"저희 조연출 니이누마가 기획 회의에서 제안했습니다만…."

아, 그랬구나. 단번에 수수께끼가 풀렸다.

〈Mr. 선데이〉는 내가 1년에 몇 번 정도 일을 받고 있어 아는 직원이 많은 프로그램이다. 결국 엄마의 치매 특집은 그해 9월에 방송하기로 했는데, 사실 이 의뢰가 오기까지 놀랄 만큼 많은 우연이 거듭되었다.

나로서는 운명이라 느낄 정도로 기적의 연속이었기에 부디 들어주시길.

이야기는 2015년 여름의 퇴근길, 역 앞 광장에 모여 있는 사람들을 발견한 데서 시작되었다. 가까이 다가가 보니 내가 다니는 헬스장의 홍보 공연으로, 잘 아는 남성 트레이너가 격투기 레슨 포인트를 선보이고 있었다.

마침 취재를 마치고 돌아가는 길이라 비디오카메라를 들고 있었는데 스마트폰으로 촬영하던 구경꾼도 있고 해서 나도 찍어볼까 하는 가벼운 마음으로 영상을 찍었다. 공연은 10분 남짓했던 것 같은데 그 타이밍에 비디오카메라를 들고 동네 역에 내린 것이 일단 첫 번째 우연.

두 번째 우연은 2016년 2월, 그 트레이너가 헬스장을 관둔 것. 송별회 때 선물할 기념 앨범을 제작하기 위해 사진을 모으고 있다는 말을 들은 나는 예전에 찍은 영상을 떠올렸다. 그가 멋지게 높이 점프하는 순간을 인쇄하여 기념 앨범에 붙여야겠다고 생각한 것이다.

내 비디오카메라는 아직 테이프식이어서 영상에서 한 프레임을 선택하려면 디지털화 작업이 필요하다. 집 컴퓨터 상태가 안 좋았던 터라 친분이 있는 〈Mr. 선데이〉의 조연출 니이누마 씨에게 작업을 부탁했다. 비디오테이프를 본 그녀가 물었다.

"이 테이프 5분 뒤부터 등장하는 노부부는 누구세요?"

그렇다, 그 테이프에는 내 부모도 찍혀 있었다.

공연 영상 촬영은 5분 정도밖에 안 돼 60분짜리 테이프의 남은 부분으로 부모를 촬영했다. 거기에는 엄마가 "이제 아무것도 모르겠다. 어쩌면 좋아" 하면서 우는 모습도 찍혀 있었다.

그때 처음으로 나는 그녀에게 말했다. 말했다기보다 처음으로 타인에게 엄마의 병에 대해 이야기를 나눴던 것 같다.

"내 부모님이야. 홈비디오로 15년 정도 계속 찍은 건데 실은 엄마가 최근 치매에 걸렸어. 2년 전에 병원에 가서 검사받고 약 먹기 시작했어."

말하면서도 왜 지금껏 아무에게도 이야기하지 않았을까 싶었다. 딱히 숨기고 싶은 건 아니었는데 역시 타인에게 말할 일은 아니라고, 가족의 치부라 여기고 있었는지도 모른다.

그때 니이누마 씨가 어떤 반응을 했는지는 잘 기억나지 않지만 "그런 걸 찍었으면 방송으로 만들어봐요"라는 말은 하지 않았다. 만약 그 자리에서 방송 제안을 받았다면 "아니, 부모의 체면도 있고. 지금은 그럴 생각 전혀 없어"라며 거절했을 테고 그렇게 흐지부지되었을 것이다. 그러나 그녀는 그러지 않았다.

그 대신 〈Mr. 선데이〉의 기획 회의에서 '딸이 찍은 엄마의 치매'라는 기획서를 제출한 것이다. 내게 어떠한 예고도 없이. 이른바 직장 상사에게 '일러바친' 것이다. 그리고 곧바로 방송 총연출자 다카시 씨에게서 전화가 오게 되었다는 이야기다.

지금도 상상해볼 때가 있다. 만약 그날 내가 역 앞의 홍보 공연을 보지 않았다면? 그 공연을 선보인 트레이너가 헬스장을 그만두지 않았다면? 작업을 부탁한 사람이 니이누마 씨가 아니었다면? 이 퍼즐이 한 조각이라도 빠졌다면 절대로 방송되지 않았을 거다. 그러면 상황이 앞으로 나아가지도 않았을 거고 방송을 계기로 아버지와 엄마가 간병 서비스를 받으며 사회와 연결되는 일도 없었을 것이다.

그랬다면 우리 집은 어떻게 되었을까? 상상하면 무섭다. 우리 집은 여전히 외부 세계와 차단된 채 고립되어 있지 않을까? 그런 생각을 하면 정말로 모든 일에 감사한 마음이 든다.

그러나 전화가 걸려 왔을 땐, 솔직히 말해 전혀 그럴 기분이 아니었다. 방송 제작이 돌파구가 되리라고는 감히 상상도 못 했다.

"특집 방송요…? 저도 지금 힘든 상황이라 거기까지 생각할 여유가 없어요."

그렇게 말은 했지만 프리랜서 디렉터로서는 사정이야 어찌 되었든 의뢰는 고마운 일이다. "뭐, 일단은 만나서 이야기해보죠" 하고서 후지TV에서 회의를 했다.

멤버는 〈Mr. 선데이〉의 책임 프로듀서 하마 준 씨, 총연출자 와타나베 다카시 씨, 그리고 멋대로 기획서를 낸(!) 조연출 니이누마 씨.

준 씨는 후지TV의 정보 프로그램 외곬 인생을 살아온 사람으로, 후지TV를 주전장으로 살아온 디렉터인 나와는 벌써 20년 이상 함께해오고 있다. 내가 마음을 열고 신뢰하는 프로듀서 중 한 사람이다. 결국 그 이후 아버지와 엄마의 모습은

〈Mr. 선데이〉에서 시리즈물로 2년에 걸쳐 방영되었고, 그동안의 영상을 정리해 BS후지에서 두 시간짜리 다큐멘터리가 되었으며, 그것을 바탕으로 영화 〈치매니까 잘 부탁합니다〉가 탄생되었는데 이 모든 과정에 관여해준 프로듀서는 준 씨뿐이다. 인맥이 넓은 준 씨가 없었다면 여기까지의 전개는 생각할 수 없었을 테니까, 지금 생각하면 이건 처음부터 운명적인 구성이었다고 할 수밖에.

회의 때 만난 니이누마 씨가 사과를 했다.

"나오코 씨에게 아무 말도 않고 제멋대로 기획서를 내버려서 죄송해요. 하지만 굉장한 게 찍혀 있더라고요. 제 개인적인 감상으로 '이건 방송으로 만드는 게 좋다'고 말하는 것보다 기획서로 만들어 윗사람을 모두 끌어들여야 방송으로 실현할 가능성이 높겠다고 판단했어요."

그렇구나, 그녀는 그렇게 생각하고 있었구나….

약은 올랐으나 니이누마 씨의 예측은 들어맞았다. 나는 부모를 계속 촬영하면서도 방송으로 내보내야겠다는 생각은 눈곱만큼도 안 했기에. 아니 정확하게 말하자면 그런 일은 상상조차 할 수 없는 상황이었기 때문이다.

그 무렵엔 부모가 둘만의 생활을 계속하겠다고 고집을 부리고 있는 터라 딸인 나로선 손쓸 방도가 없어 궁지에 내몰린, 이른바 밑바닥 상태였다. 나의 관심사는 앞으로 어떻게 해나가야 될까, 오로지 이 생각뿐이었다.

그러나 회의에서 준 프로듀서가 내게 해준 말은 오랜 시간 디렉터로 살아온 나의 마음을 크게 울렸다.

"나오코 씨가 찍은 영상에는 지금껏 저희가 본 적 없는 것이 있어요. 어머님이 치매에 걸리기 전에 어떤 사람이었는지 알 수 있는 영상이 충분히 있잖아요. 치매 다큐멘터리는 대부분 치매에 걸린 이후부터 취재가 시작되기 때문에 결국 병을 그린 내용이 되기 쉬워 그 사람 자체를 알 수가 없죠. 그 사람의 인간성이 느껴져야 비로소 시청자 입장에서도 감정이입을 할 수 있고 치매를 친숙하게 느낄 수 있다고 생각해요."

게다가 나오코 씨의 어머님은 매력 넘치는 분이시잖아요, 라는 말도 덧붙였다. 준 씨는 내가 유방암으로 입원해 있을 때 병문안을 왔다가 엄마를 만난 적이 있다.

"첫 만남에서 그렇게 마음을 여는 사람은 없어요. 나이와 상관없이 누구와도 금방 친구가 되는 분이셔서 저도 격의 없이 어머님과 꽤 이야기를 나누며 친해졌잖아요."

아, 그랬다. 엄마는 내 친구들과도 만나면 금세 의기투합했고 쭉 친구로 대하는 사람이었다. 남에게 호감을 주는 엄마의 매력은 내가 찍은 영상에 많이 남아 있다.

95세 아버지가 치매 엄마와 둘이서 생활하고 있는 지금의 상태를 세상에서는 '노노개호'라 부른다는 사실도 처음 알았다. 그리고 도쿄에서 생활하면서 틈틈이 본가에 내려오는 것은 '장거리 간병', 일을 관두고 본가로 돌아가 부모와 생활할지 고민하는 '간병으로 인한 퇴사' 문제….

나는 너무나도 상황의 한가운데에 있던 터라 알아차리지 못했는데 방송 제작자의 눈으로 보니 우리 집에는 치매뿐 아니라 현대 사회가 안고 있는 다양한 문제가 가득했다.

부모의 현재를 TV 프로그램으로 만드는 것은 꽤 의의가 있는 일이구나. 방송, 꼭 하고 싶다!

여기서 비로소 내 안의 '디렉터 정신'이 눈을 떴다고도 할 수 있다. 그럼 딸로서는 어떤가? 부모가 건재한 지금 엄마의 치매를 방송으로 제작해 전국에 내보낸다? 딸로서 해도 되는 일일까?

실은 나 자신도 엄마가 "네게 짐만 되네. 미안하다. 어쩌면 좋아" 하면서 울던 때부터 이 영상은 언젠가 어떠한 형태로 발표하고 싶다는 생각을 하기는 했었다. 치매 환자는 결코 모든 것을 잊어버리는 게 아니며 사실 환자 본인이 가장 괴로워한다는 사실을 세상 사람들에게 알려주고 싶었기 때문이다. 그러나 그건 아버지와 엄마가 세상을 떠난 이후일 거라고 막연하게 생각했다. 아버지와 엄마의 자존심이 있으니까.

45세에 유방암에 걸렸을 때 나는 투병의 모든 과정을 비디오카메라로 찍어 셀프 다큐멘터리 방송을 만들었었다. 항암 치료로 머리칼이 빠지고 수술로 가슴 모양이 바뀌는 영상을 방송에 그대로 내보일지 말지 고민했지만, 최종적으로는 모든 것을 내보이기로 결심했다. 지금도 그 결단에 후회는 없다.

하지만 그때는 내 문제였기에 나만 각오하면 그만이었다. 이번에는 엄마의 치매다. 가장 소중하게 신경 써야 하는 부분은 엄마의 존엄, 그리고 95세에 몸을 내던져 아내를 지키고 있는 아버지의 존엄이다. 구례의 한 귀퉁이에서 조용히 생활하고 있는 부모. 그러한 생활을 전국으로 방송하여 '우리 엄마는 치매입니다'라고 알리면 확실히 부모의 인생을 바꾸게 된다. 어떤 반향이 있을지는 모르지만 사기의 표적이 되거나 매정한 소리를 듣고 부모가 상처 받을 일이 생기지는 않을까?

더구나 엄마의 치매가 진행될수록 외부 세계에 완고해진 아버지가 우리 가족을 TV에서 다루다니 당치도 않다고 말하지 않을까. 엄마 역시 원래 자존심이 센 사람이니 자신의 변해가는 모습을 남들에게 보이는 것은 절대로 싫다고 하지 않을까.

그러나… 반대로 이렇게 생각할 수도 있다.

아버지도 엄마도 내 유방암 투병 다큐멘터리에 등장한다. 특히 엄마는 상경해서 딸을 간병해줬기에 주요 인물로서 밝은 매력을 유감없이 발휘하며 인기인이 되었던 경험이 있다. 그 뿐 아니라 그 다큐멘터리에서는 원래 스틸 카메라에 조예가 깊었던 엄마가 처음으로 접한 비디오카메라로 내 투병 모습을 촬영하게 되면서 카메라맨으로도 크게 활약했다.

그렇게 생각하면 두 사람 모두 TV에 나오는 것이 처음도 아니고 다큐멘터리에 출연해서 불쾌했던 기억은 분명 없을 텐데….

"이 이야기, 아버지와 엄마가 뭐라고 할지 전혀 상상이 안 가요. 일단 본가에 가서 의논해볼게요."

그리고 나는 그해 두 번째로 본가를 찾았다.

10

"네 일이니 우리는
뭐든 협력하마"

　　　　　　　　　　　　　　:
　　　　　　　　　　　　　　:

2016년 3월 10일. 나는 부모에게 두 사람의 모습을 TV 방송으로 제작해도 괜찮을지 의논하기 위해 내려왔다. 두 사람은 환하게 웃으며 나를 맞아주었다. 엄마는 나를 보자마자,

"잘 왔다. 저녁 뭐 먹고 싶니? 마침 지금 장 보러 가려고 했는데."

엄마, 아직 오전이네요. 뭘 좀 만들어주자 싶어 내가 함께 따라나서자 엄마가 종종걸음으로 다가와서는 불쑥 말한다.

"나, 우동이 먹고 싶어."

"그럼 점심은 우동 먹자. 아버지한테는 미안하지만 둘이서 먹으러 갈까?"

그렇게 우리는 우동 가게에 들렀다.

생각하면 이때가 엄마와의 마지막 외식이 되었다.

"맛있네." 나는 정신없이 우동을 후루룩거리는 엄마를 보면서 정말로 아이가 되었구나 싶었다. 예전에는 엄마가 뭔가를 먹고 싶다고 말하는 일은 결코 없었다. 항상 딸인 나와 남편인 아버지가 먹고 싶어 하는 것이 우선이었고, 딸과 남편이 좋아하는 음식을 만들어 다 같이 먹었다. 그래서 나는 엄마가 무엇을 좋아하는지 알지 못했다.

"엄마는 우동이 좋아?"

"그럼. 우동이 제일 좋다."

아, 그랬구나. 그러고 보니 엄마는 예전부터 혼자 있을 때면 자주 우동을 만들어 먹었었지. 그런 것조차 무관심했던 스스로가 부끄러웠다.

한편으론 이런 생각도 들었다. 엄마는 치매로 인해 조금 해방되어 아이처럼, 지금껏 하고 싶었으나 참아왔던 말을 할 수 있게 된 건가. 그런 거라면 기쁘다. 원하는 것을 더 얘기해준다면 이번에는 내가 이루어주고 싶다.

어쩐지 엄마와 딸의 입장이 역전된 듯한 기분이 들어 나는 엄마의 머리를 쓰다듬었다.

집에 도착해 포장해 온 우동을 데워드리니 아버지는 식사를 마치고 평소처럼 식후 커피를 내려주었다. 분위기가 잠잠해졌을 즈음 나는 아버지와 엄마에게 말을 꺼냈다. 아주 조심스럽게.

"지금까지 아버지와 엄마 모습을 이것저것 찍었잖아요. 그걸 후지TV의 〈Mr. 선데이〉에서 방송하고 싶다는데 어때요?"

"네 엄마가 치매라서 그러는 게냐?"

역시 눈치 빠른 아버지.

"네, 맞아요. 엄마가 치매 진단을 받는 부분도, 아버지가 그것을 어떻게 받아들였는지도 전부 카메라로 찍었잖아요. 방송국 사람이 치매가 이렇게 현실적으로 전해지는 촬영물은 처음 봤다고, 역시 딸이 부모를 찍어서 그렇다고 하더라고요. 어떠세요, 방송으로 내보내도 괜찮겠어요?"

이어지는 아버지의 한마디.

"너는 어쩌고 싶으냐?"

역시 아버지. 그러게요. 중요한 건 내가 어떻게 하고 싶은가

네요. 정말이지 아버지다운 대답이다.

"저는, 그 말을 듣고 방송하고 싶다고 생각했어요. 여러모로 생각해봤는데 이왕 이렇게 된 거, 그동안 촬영해온 아버지와 엄마의 모습이 제 일의 집대성이 되면 좋겠다 싶어요."

"흠."

아버지는 잠시 후 결론을 내렸다.

"알았다. 나는 괜찮다. 네가 하고 싶으면 협력하마."

그 순간의 감정을 어떻게 표현해야 할까.

아버지의 깊은 애정이 느껴져 눈물이 터질 것 같았다.

딸이 하고 싶어 하는 것을 하게 해주고 싶다.

이를 위해서라면 부모로서 할 수 있는 일은 무엇이든 한다.

아버지는 아버지의 삶을 관철하는 데 있어 한 치의 흔들림이 없다. 아버지, 진짜 멋있네.

그와 동시에 조금 무서워졌다. 이 무서움을 '표현자로서의 흥분'이라고 하면 근사하겠지만 본심은 좀 더 나약한 '일냈다, 이제 더는 거절 못 하겠네' 하는 생각이었다. 만약 여기서 아버지가 반대했다면 아쉬운 반면에 조금 안심했을지도 모른다. 어려운 도전을 하지 않은 것을 '아버지의 반대로 못 했다'며 아버지 탓으로 돌릴 수 있으니까. 그러나 아버지에게 협력하겠다는 말을 들은 이상 더는 변명할 수 없었다. 퇴로가 끊겼다.

"방송 나가면 엄마가 치매라는 사실이 전국에 알려지게 될 텐데 괜찮아요?"

"다 늙은 노인네다, 알려진다고 부끄러울 것도 없다. 늙고 치매에 걸리는 게 별일도 아니고. 집도 보다시피 이렇다만 이제 와 꾸밀 필요도 없다. 하나도 부끄러울 거 없어. 있는 그대로 괜찮다."

"엄마는 어때?"

"응? 뭐가?"

엄마는 중간부터 아버지와 나의 대화를 못 따라온 듯 보였지만 그래도 열심히 들으며 의견을 주었다.

"그, 내가 지금까지 찍어온 아버지와 엄마 영상이 있잖아, 그걸 TV로 방송하고 싶어."

"그게 방송되면 네 일에 도움이 되니?"

"응. 내가 만드니까 내 일이지. 그래서 이렇게 엄마, 아버지한테 부탁하러 내려온 거야."

"당신은 괜찮아요?"

여기서 아버지가 옆에서 응원해주었다.

"나는 괜찮다고 했소. 당신도 나오코 일에 협력해줘."

"그래요. 네 아버지가 괜찮다면 나도 괜찮다."

"정말? 엄마가 한 번씩 '나 치매인가 보다'고 말하는 것도 전부 방송될 텐데 부끄럽지 않겠어?"

"안 부끄럽다. 네가 나를 사람들한테 욕보일 리 없잖니?"

엄마의 이 말은 내 가슴에 꽂혔다.

"너는 나를 욕보이게 안 한다."

엄마는 나를 한 점의 의심 없이 믿어주고 있다. 그래, 엄마는 원래 그런 사람이었다.

2009년에 만들었던 유방암 다큐멘터리에서 엄마가 내 동료 디렉터의 질문에 대답하는 형식으로 나눴던 대화가 생각났다. 그때 방송 제작에 앞서 엄마가 나를 어떻게 생각하고 있는지, 내가 없는 자리에서 친구인 디렉터가 물었다.

"외동딸이라 쉽지 않으셨을 텐데 18세에 도쿄로 보내 자유롭게 지내게 하셨잖아요. 걱정되지 않으셨어요?"

친구의 질문에 당시 80세였던 엄마는 웃으면서 대답했다.

"그야 나오코는 소중하지요. 하나밖에 없는 딸이니까요. 도쿄에 갈 때도, 방송 일을 하겠다고 말했을 때도 걱정이야 됐지만 믿었어요. 아이는 역시 부모가 믿어줘야지요."

친구가 그 영상을 처음 보여줬을 때도 나는 엄마의 조건 없는 신뢰에 새삼 마음을 다잡았었다.

되돌아보면 내가 어릴 때부터 엄마와 아버지는 신기할 정도로 나를 믿어주었다. 뭔가를 하고 싶다고 말하면 반대부터 한 적은 없었고 고등학교 때는 록밴드에 빠져 큰 소리로 음악을 틀거나 콘서트를 보러 정신없이 돌아다녔는데도 그랬다.

내가 어긋나면 이 사람들은 어쩔 생각일까? 그런 생각을 한 적도 있다. 그러나 부모에게 절대적인 신뢰를 받으며 나도 차츰 이 신뢰를 배반할 수 없다, 부모를 슬프게 할 수 없다는 마음이 들어 나도 모르는 사이에 스스로를 단속하게 되었다.

내가 도쿄에 와서도 부모의 태도는 확고했다. 바빠서 며칠 연락을 하지 않아도, 몇 년을 안 내려가도 부모는 특별히 내색 하지 않았고(사실은 걱정했을 테지만), 어떠한 속박도 하지 않았다. 방임주의와는 또 다른, 언제나 믿어주며 멀리서 지켜봐주고 있다는 안도감과 긴장감이 나를 계속해서 지탱해줬다.

인생의 모든 시기에서, 나를 믿어주고 있다는 자각이 있었기에 부모에게 부끄러운 짓은 하지 않으리라 나름 애쓰며 올 수 있었는지 모른다.

그리고 치매에 걸린 엄마에게 '나오코는 나를 욕보일 리 없다'는 전폭적인 신뢰를 받은 지금, 엄마의 치매를 어떤 형태로 드러내야 할지는 이제 나의 재량에 달렸다. 아버지가 가장으로서 정리했다.

"자, 그럼 결정. 나오코의 일이니 우리는 뭐든 협력하마. 당신도 그렇지?"

"그래요. 좋은 방송 만들거라. 이 엄마도 기대할게."

고마워요, 아버지, 엄마. 절대로 두 사람의 신뢰를 배반하는 일은 하지 않을게요. 방송으로 엄마가 수치심을 느끼는 일은 절대로 안 만들게요. 엄마의 타고난 쾌활함과 엄마가 치매로 인해 느끼는 답답함이나 불안도 확실하게 전달해서 많은 사람들에게 공감을 얻을 수 있는 좋은 방송을 만들게요.

이번에야말로 나는 '표현자로서의 흥분'을 느꼈다.

그날 밤 사이좋게 나란히 이불을 덮고 잠든 아버지와 엄마의 얼굴을 바라보면서 나는 유방암 다큐멘터리를 만들었을 당시 부모의 반응을 떠올렸다.

그때 방송에 앞서 내가 가장 고민한 것은 TV 화면에 내 가슴을 보여주느냐 마느냐, 하는 문제였다. 유방암을 앓았기 때문에 영상에서 내 가슴이 몇 번이나 노출되었다. 종양 적출 수술 전에 내가 울면서 가슴 기념사진을 찍는 모습이며 수술한 후에 가슴 모양이 어떻게 되었는지를 두려워하며 쳐다보는 모습 등 모두 다큐멘터리에는 필요 불가결한 장면이나 그 장면에서 내 유두를 모자이크 처리할지 말지, 마지막까지 고민했다.

한 여성으로서는 당연히 내보이고 싶지 않다. 그러나 모자이크 처리를 하면 작품의 긴장감이 아무래도 꺾이기 때문에 제작자 입장에서는 가리지 않는 것이 좋다는 건 알고 있다. 방송 직전까지 고민한 끝에 나는 있는 그대로 방송을 내보냈다.

'모자이크 처리를 하면 지금껏 내 취재에 응해준 사람들에게 변명할 수 없다'는 마음이 가장 컸던 것 같다.

나는 지금까지 취재로 많은 사람들을 마주해왔다. 취재원들은 누구에게도 꺼내지 못한 가슴속 이야기를 해주거나 본인조차 알아차리지 못했던 마음을 드러내면서 어떤 의미에서 정신적으로 '알몸'이 되었다. 그런데 정작 내 차례가 되어 '나는 가슴은 내보일 수 없습니다'라고 말할 수 없었다. 그건 비겁하니까.

바꿔 말하자면 내 취재로 인해 어떠한 각오를 한 사람이 있다고 한다면 나도 스스로에게 동등한 각오를 부과하는 것이 조금이라도 그 사람들에 대한 속죄가 되지 않을까 싶었다. 일종의 직업병이라고나 할까.

그렇게 까다로운 이유로 스스로를 납득시켜 가슴을 노출한 나인데, 아버지와 엄마에게만큼은 도저히 말을 꺼낼 수가 없었다. 아직 결혼도 안 한 외동딸이 TV에서 자신의 가슴을 내보인다는 것을 알면 부모는 어떤 마음일까, 굉장히 창피해하지 않을까, 하는 생각이 들었기 때문이다.

다큐멘터리 〈가슴과 도쿄타워: 나의 유방암 일기〉는 후지 TV의 〈더 논픽션〉이라는 프로그램에서 방송되었는데, 어차피 히로시마에는 안 나가는 간토 지방의 지역 방송이라 프로그램 존재 자체를 비밀로 해야겠다고 생각해 결국 부모에게는 말하지 않았다.

그런데 아이러니하다고 해야 할지 고맙다고 해야 할지, 그 방송이 좋은 반응을 얻어 국내외에서 상을 받아 무려 2년 후에 구레시청 주최로 방송 상영회를 겸한 강연회가 열리게 되고 말았다. 아버지도 엄마도 신바람이 나서는 보러 오겠다고 하니, 나는 말리지도 못하고 구레의 한 회관에서 아버지와 엄마와 나란히 관람하는 처지가 되었다.

상영 중 내 가슴이 스크린에 비칠 때마다 몸을 움츠렸다. 옆에 앉은 부모가 어떤 얼굴로 보고 있을지 겁이 나 고개를 돌리지 못했다. 충격을 받지는 않을까? 화가 나지 않을까? 창피스러워서 울고 싶은 건 아닐까? 나쁜 상상만 하며 식은땀을 흘렸다.

하지만 상영 후 놀랍게도 부모는 만면에 미소를 짓고 있었다. 아버지는,

"좋은 작품이로구나. 네 인생관이 바뀌고 삶이 편해진 게 네 표정에서도 보이더구나. 암에 걸린 것이 꼭 나쁘기만 한 건 아

니었던 게야."

그리고 엄마는,

"유방암으로 고생하던 때가 생각이 났다. 그래도 밝아오지 않는 밤은 없으니까. 이 엄마도 용기를 얻었어."

그렇게 말해주었다.

두 사람 모두 내 가슴에 대해서는 한마디 언급도 않고 순수하게 작품에 관한 감상을 이야기해주었다. 그리고 두 사람 모두 회관에 와 있던 다른 관객들이 알아봐 약간 자랑스러운 표정으로 대화를 나누고는 순식간에 자신의 친구들과 차를 마시러 가버렸다.

뭐야, 아버지도 엄마도 전혀 창피해하지 않잖아.

회관에 혼자 남은 나는 왠지 맥이 빠져서는 이런 걸 '기우'라고 하는구나 하면서 웃어버렸다. 그와 동시에 아버지와 엄마가 나와 똑같이 '표현자 정신' 같은 것을 지니고 있음에 놀랐다.

아버지도 엄마도 이 작품에서는 딸이 전부를 드러내는 것이 필요했음을 말하지 않아도 알아주었다. 어디 그뿐인가, 두 사람은 부모의 시선으로 딸을 보지 않고 한 사람의 감상자로서 내 작품을 적확하게 비평해주었다. 아버지는 정년까지 작은 회사의 경리 직원으로 일해왔고 엄마도 전업주부로 살아왔다. 두 사람 모두 책과 서예와 그림을 좋아하고 문학적인 면도 지니고 있어서 창작의 고통을 잘 알기에 내 일을 남들보다 더 잘 이해하는구나. 이 일로 알게 된 사실이었다.

아버지와 엄마가 나와 같은 가치관을 공유하고 있음을 생생하게 느낀 경험이었다.

부모에게 〈Mr. 선데이〉에 대한 협력을 약속받은 밤. 나는 유방암 다큐멘터리를 관람한 후 내게 지어 보인 두 사람의 환한 미소를 떠올렸다.

아버지도 엄마도 내게는 표현자 동지구나. 그래, 이번에는 동지인 아버지와 엄마와 공동 작품을 만든다고 생각하면 되겠다.

새삼 결심이 섰다.

엄마의 치매를 세상에 알리는 일은 결코 불효가 아니며 집안의 치부를 드러내는 것도 아니다. 내가 열의와 신념을 가지고 발표하는 작품이라면 분명 아버지도 엄마도 평가해주리라. 그런 확신이 생겼다.

그럼에도 앞으로 엄마의 병은 계속 진행될 텐데 지금처럼 찍어도 괜찮을까? 나는 불효자가 아닐까? 또다시 몇 번이나 의지가 꺾이고 마는데….

11

"이건 가슴에
차는 것"

:
:

2016년 3월 도쿄. 후지TV의 정보 프로그램 〈Mr. 선데이〉에서 '딸이 찍은 엄마의 치매' 특집 방송 제작이 정식으로 결정되었다.

지금껏 찍은 영상을 다시 보니 둘이서 생활하는 부모가 어떤 일상을 보내고 있는지를 알 수 있는 영상이 압도적으로 부족했다. 생각해보면 당연한 일이다. 본가에 내려오면 내가 집안일을 하게 되어 이미 그 시점에는 부모의 평소 생활이 아니니까. 둘이서만 있을 때는 어떻게 지내는지, 집안일은 누가 하고 있는지 그것까지는 나도 자세히 알지 못했다.

나는 처음으로 딸이 아닌 디렉터의 시점으로 본가의 모습을 관찰하기로 했다. 일단 며칠 정도 딸로서는 가능한 한 관여하지 않고 촬영을 해봤다. 놀란 것은 아버지가 엄마 대신 다양한 집안일을 시작했다는 사실이다.

이 부분은 차차 나누기로 하고, 우선은 '내가 빨래를 안 하면 부모에게 어떤 일이 일어날까'를 관찰한 것에서부터 이야기를 시작해보겠다.

내가 내려와서 보면 세탁물이 늘 세탁기 속에 한가득 쌓여 있어 엄마가 자고 있는 동안 내가 몰래 세탁기를 돌리곤 했다. 엄마가 깨어 있을 때에 하려고 하면 곧바로 낌새를 채고서 말리기 때문이다.

"내가 할게, 놔둬라."

우리 집 세탁기는 추억의 이조식(二槽式, 세탁통과 탈수통이 분리된 형태-옮긴이)으로, 세탁에는 엄마만의 세밀한 순서가 있는데 내가 하면 물을 너무 많이 쓴다는 것이다.

처음에는 나도 엄마의 말을 그대로 받아들여, "그래요, 그럼 엄마가 해"하고 물러났는데 엄마는 자신이 하겠다고 말만 할 뿐이지 전혀 손을 안 댄다. 그래서 재촉하면 언짢아한다.

"엄마도 바쁘잖니, 좀 쉬게 해주라."

'뭐가 바쁜데? 맨날 쉬고 있으면서'라는 소리가 목구멍까지 차올랐으나 꾹 참고 기다리는 수밖에 없었는데, 내가 도쿄로 돌아가는 날이 임박해서 아무 말 않고 세탁기를 돌리면 엄마는 더욱 언짢아했다.

"쓸데없는 짓 하지 말래도! 그렇게 물을 틀어놓으면 아깝잖니."

그런 소모전이 여러 번 있었기에 나도 최근에는 머리를 써서 엄마가 자고 있는 이른 아침에 몰래 빨래를 끝내버리게 되었다.

그러나 이번에는 구태여 관여하지 않기로 했다. 과연 어떻게 될까. 무서운 걸 알면서도 보고 싶은 마음처럼, 조금 설레기도 했다.

본가에 내려오니 평소처럼 내가 없었던 2주 분량의 세탁물이 세탁기 안에 숨겨져 있었다. 뚜껑을 열었더니 퍼지는 엄청난 냄새.

"하아… 왕창 쌓였네."

내가 지적하자 엄마는,

"날씨가 계속 나빴다."

아무렇지 않게 입에서 나오는 대로 변명한다. 아니 날씨는 계속 좋았다고요, 엄마.

"그러게 말이다. 나는 저러다 세탁기가 삭지 않을까 싶다."

아버지의 농담에 엄마는 순식간에 얼굴을 붉힌다.

"당신 무슨 말이 그래요. 내가 나가 죽어야지. 맨날 나보고 게을러터졌다고. 뭐 실제로 게을러터졌지만."

혼자 북 치고 장구 치는 엄마.

얼마 전부터 엄마는 "죽어야지"를 입버릇처럼 되뇌기 시작했다. 뭔가 마음에 안 드는 일이 있거나 자신의 잘못을 타박한다고 느끼면 곧바로 "죽어야지" 하는 것이다. 예전의 쾌활하고 배려심 깊은 엄마라면 절대로 하지 않을 말이다. 처음에는 그소리에 가슴이 철렁해 그때마다 슬퍼졌는데 인간은 역시 적응의 동물인지라 나도 이제는 일상적인 대화의 일부분으로 받아들이고 있다.

실제로 이때도 엄마는 "죽어야지"라고 말하자마자, "너, 여기에 실밥 묻었다" 하면서 내 옷에 묻은 실밥을 떼주었으니. 엄마의 머릿속에서는 딸의 옷매무새를 정리해주는 엄마의 역할과, 자신이 이 집에 더 이상 도움이 안 되니 사라져버리고 싶다는 절망이 혼연일체가 되어 동거하고 있었다.

결론부터 말하자면 이날 엄마는 세탁기를 돌리지 않았다.

나의 재촉으로 마지못해 세탁기에서 더러운 세탁물을 꺼내어 마루에 흩뿌려나가는 엄마. 더러워진 옷들은 무슨 마술쇼처럼 줄줄이 나왔다.

"으, 냄새."

그 냄새와 방대한 양에 의욕을 잃어버렸는지,

"솔직히 나도 힘들다."

그렇게 말하며 엄마는 복도 한쪽에 펼쳐진 세탁물 산 위에 드러누워버렸다. 그리고 그대로 꼼짝을 않는다.

"엄마, 거기서 자?"

나는 혼란스러웠다. 눈앞의 광경에 혼란스러웠다기보다는 그 광경을 본 내 안에서 솟아오르는 상반되는 두 감정에 혼란스러웠다.

그건 처음으로 체감한 딸로서의 나와 디렉터로서 느끼는 감정의 대립이었다. 엄마의 이런 애처롭고 단정치 못한 모습은 창피해서 정말이지 남에게 보여줄 수 없다. 하지만 디렉터 입장에선 이건 굉장한 영상이다. 이렇게 리얼하고 임팩트 있는 영상은 좀처럼 찍을 수 없다! 카메라를 돌리면서도 흥분이 가라앉지 않았다.

여러 생각이 머릿속을 빙글빙글 돌아다닌다. 엄마가 이런 터무니없는 모습을 보이고 있는데 나는 왜 손 내밀 생각은 않고 카메라를 돌리고 있나? 정말 지독한 딸이네. 스스로도 지독하다고 생각할 정도이니 세상 사람들도 분명 지독하다고 생각하겠지. 이 장면을 방송에 사용한다면 악플이 쏟아질지도 모르겠다….

그렇게 생각하면서도 디렉터로서의 나는 역시 '이거다! 다큐멘터리의 신이 왔다!(평소 나의 입버릇이다)'는 듯이 눈앞의 이상한 광경에 초점을 맞추고 넋을 잃은 채 촬영을 계속했다. 이것 참, 탐욕스럽다고 해야 할지 딸로서는 정말로 부끄러울 뿐이다.

그리고 몇 분 후. 영상은 충분히 찍은 터라 카메라를 내려놓고 도와야겠다고 생각한 그때, 이번에는 아버지가 화장실을 가려고 복도에 나타났다.

와, 이제 어떻게 되려나? 나는 다시 흥분해 카메라를 고쳐들었다.

아버지는 누워 있는 엄마의 이상한 모습에 놀랄까? 상스럽다며 화를 낼까? 그도 아니면 엄마의 그런 모습을 카메라로 찍고 있는 나를 꾸짖으려나?

그러나 아버지는 딱히 아무런 반응도 보이지 않은 채,

"소변, 소변."

하면서 드러누워 있는 엄마를 가볍게 넘어 그대로 화장실로
향했다.

나는 그만 웃음이 터지고 말았다. 그렇구나, 바로 이 모습이
지금 우리 집의 리얼한 상황이구나. 엄마가 복도에 드러누워
있는 것도 아버지가 누워 있는 엄마를 넘고 가는 것도 빈틈없
이 착실했던 과거의 두 사람이라면 생각할 수도 없었던 광경
이지만, 나이를 먹어 긴장이 풀어진 지금의 두 사람에게는 별
일 아닌 보통의 일상이구나.

"세탁기는 아직 안 돌렸어? 그냥 천천히 하구려. 점심은 내
가 도시락을 사 오리다."

엄마에게 그렇게 말하고는 폴짝대며 화장실로 가는 아버지
의 모습에선 왠지 모르게 동네 마스코트 캐릭터 같은 귀여움
이 느껴져, 심각한 사태인데도 나는 흐뭇함마저 느꼈다.

이렇게 카메라를 들고 부모의 모습을 관찰하며 나의 마음에
도 변화가 생겨났다. 한마디로 말하자면 즐거워진 것이다.

그전까지는 엄마의 이변에 대해 '비참하다' '슬프다' '걱정이
다' 같은 패배의 감정밖에 들지 않았는데 '즐거워'할 수도 있
다니. 이유가 무엇일까? 조금은 객관적인 눈으로 부모를 볼 수
있게 되었기 때문이리라.

카메라를 들고 자세를 취하면 자연스레 '객관적'인 시점을 취하게 된다. 그러면 딸의 시선으로 볼 때는 '비참하다'고밖에 느껴지지 않았던 일이 의외로 다르게 다가왔다. '치매 할머니와 귀먹은 할아버지의 맞물리지 않는 어긋난 대화'에는 적당히 우스꽝스러운 맛도 있다. 나는 부모의 모습을 보며 점차 '왠지 모르게 이 두 사람 훈훈하다. 좋은 캐릭터구나. 사랑스럽다'고 느끼게 되었다.

그리고 생각난 것이 희극왕 채플린의 그 유명한 명언.

"인생은 가까이서 보면 비극이요, 멀리서 보면 희극이다."

같은 상황이라도 자신이 휘말릴 정도로 가까이에서 바라보면 괴롭지만 멀리서 마음에 여유를 가지고 바라보면 웃음이 나면서 마음이 따뜻해진다. 그래, 나는 정말이지 이 명언을 몸소 체험했다.

지금 가족을 돌보고 있는 분들에게도 이 '객관적으로 보는' 방법을 추천한다. 카메라를 들고 보라는 말이 아니라 자신이 카메라를 들고 있다는 기분으로, 간병으로 꽉 막힌 기분은 싹 덜어내고 객관적인 시점으로 바라보면 분명 관점이 크게 바뀐다.

그렇게 냉정한 자세로 '아, 나는 너무 상대 가까이에서 비관적으로 상황을 바라보고 있었구나' 하고 깨달으면 '그럼 시점을 조금 바꾸어 다른 각도에서 보자'라고 생각하게 될지도. 간병하는 사람이 스트레스로 무너지지 않으려면 이러한 시도가 분명 필요하다. 어쩌면 심호흡을 한번 해보는 것만으로도 괜찮을지 모른다. 그것만으로도 어깨의 힘이 빠져 기분이 편안해질 것이다.

치매 가족을 간병하고 있으면 무의식중에 상황에 매몰돼버려 감정이 부정적인 방향으로 치닫기 쉽다. 과거의 기억이 남아 있기 때문이다. 그래서 더욱 비참해지는 것이다.

'예전에는 빈틈없이 척척 잘했으면서 대체 왜….'

'같은 소리를 몇 번이나 하는 거야….'

'왜 저런 폭언을 내뱉는 거지….'

사사건건 슬퍼진다. 상대는 아프니까 어쩔 수 없다고 머리로는 이해하면서도 그만 감정적으로 반응하게 돼 말이 거칠어지고, 뒤늦게 '그런 말은 하지 말았어야 했는데' 후회하며 자기혐오에 빠지는 것이다. 나는 원래 겁이 많아서 아무리 짜증이 나도 엄마에게 큰소리는 못 치는데 그만큼 내 안에 스트레스가 쌓여 정신적으로 무너져 내릴 뻔했던 시기도 있었다.

그러나 방송이 결정되고 디렉터의 시점으로 부모를 촬영하기 시작하고부터는 엄마에게 무슨 소리를 듣건 무슨 일을 당하건, 전처럼 우울해하는 일은 없어졌다. 딸로서 피하고 싶은 일은 디렉터로서는 좋은 장면이니까. '좋아, 이런 장면을 건졌다!'며 내 안의 반은 승리의 포즈를 취하게 되었으니까. 이건 정말로 예상하지 못한 효과였는데, 딸의 입장에서 보자면 너무 계산적이어서 창피할 수도 있지만 부모를 관찰하는 촬영이 업이 되고서 확실히 도움이 된 것 같다.

부모를 객관적으로 보게 되고 내가 가장 놀란 것은 집안일 전반에 대한 90대 아버지의 높은 잠재력이었다. 지금까지는 딸로서 엄마의 치매 진행만 신경 썼던 터라 엄마에게만 집중하고 있었던 나. 그 점을 반성하며 아버지를 유심히 보기 시작했는데…. 아버지는 엄마와의 생활에서 내 상상을 훨씬 뛰어넘는 활약을 보이고 있었다.

앞에서도 이야기했지만 아버지는 엄마가 치매에 걸리기 전까지 집안일이라고는 손도 안 대던 사람이었다. 엄마가 건강할 땐 집안일은 엄마에게 모두 맡기고 취미인 커피 내리기 이외에는 일절 안 하던 사람이다. 그런데 어느새 '아니? 이것도?' 하고 놀랄 만큼 다양한 집안일을 엄마 대신 하기 시작했다.

먼저 시작한 것은 빨래다.

엄마가 빨래를 안 하고 있으면 아버지의 깨끗한 속옷도 바닥을 보인다. 목욕 후 깨끗한 속옷을 입고 싶었던 아버지는 일단 자신의 속옷부터 '씻기' 시작했다. 대야에 물을 채우고 세제를

푸는 원시적인 빨래다. 비닐장갑을 끼고 있기에 이유를 묻자,

"세제 때문에 손이 터서 사 왔다. 핸드크림도 사서 바르고 있다."

손 트는 것을 신경 쓰고 있을 줄이야, 우리 아버지 살림꾼 다 됐네.

아버지가 초반에는 엄마에게 이렇게 말했다.

"내 몫은 내가 빨 테니 당신 몫은 당신이 빨구려."

그러나 머지않아,

"하는 수 없지. 내 당신 것도 같이 빨아줌세."

하면서 엄마의 속옷도 빨기 시작했다.

빨래뿐 아니라 다 마르면 개는 것도 아버지의 일이다. 엄마의 브래지어를 "이건 가슴에 차는 것" "이건 팬티" 하면서 개고 있는 모습에 나도 모르게 피식 웃고 말았다. 엄마의 속옷을 개는 아버지를 촬영하고 있는데 엄마가 옆에서 필사적으로 변명했다.

"처음이다, 네 아버지 이러는 거. 여태 한 번도 안 했는데."

그러나 아무리 봐도 처음 하는 사람의 손놀림이 아니다. 아주 익숙한 사람의 손놀림이다. '남편이 내 브래지어를 개는 모습을 딸에게 들켜버렸다. 부끄럽다. 이를 어쩌나.' (직접 말로 하지는 않았지만 틀림없이 이렇게 생각했을 것이다.) 당황스러워하는

엄마의 모습이 웃기면서도 아버지가 엄마의 브래지어와 팬티를 정성스레 개고 있는 모습에서 엄마를 향한 깊은 애정이 느껴져 나는 좋았다.

아버지가 장을 보러 가겠다고 해서 카메라를 켠 채 따라가보기로 했다. 목적지는 언덕길 위에 있는, 본가에서 500미터 정도 떨어진 슈퍼다. 본가는 구례 중심부에 자리해 더 가까운 곳에 슈퍼가 몇 군데 더 있지만, 계산대 직원이 붙임성이 좋다는 이유로 완고한 아버지는 일부러 먼 슈퍼까지 걸어 다니는 듯했다.

슈퍼에 도착하자 꿰뚫고 있다는 태도로 카트를 밀며 식료품을 차곡차곡 담아간다. 그 속도가 빠르다, 빨라. 제법 큰 슈퍼인데 어디에 무엇이 있는지, 아버지가 완벽하게 파악하고 있다는 사실에 놀랐다. 우유, 요거트, 바나나, 사과, 무⋯. 와우, 아버지, 죄다 무거운데 괜찮겠어요?

생선 매장에서는,

"이건 어디 고등어요?"

매장 직원에게 묻더니,

"어르신, 이건 노르웨이산이에요."

직원의 대답에,

"허허, 노르웨이 고등어가 맛이 좋지."

잘 안다는 얼굴로 카트에 담는다. 살짝 거드름 피우는 그 모습이 엄마와 똑같아 나도 모르게 웃고 말았다.

아버지, 노르웨이 고등어가 맛있어요? 나는 몰랐네요.

장을 보고 돌아가는 일이 문제였다. 아버지는 앞뒤 생각 않고 꽤 부피가 크고 무겁기까지 한 것만 사버려서 커다란 장바구니 두 개가 가득 찬 것이다.

"아버지 오늘은 제가 촬영 중이라 짐을 들 수가 없는데, 들고 갈 수 있겠어요?"

"그럼, 이 정도는 기본이다. 늘 이 정도 사서 간다."

남자답게 말하는 아버지였으나 시험 삼아 내가 들어봐도 상당히 묵직한 짐이다. 아버지는 장바구니를 양손에 들고서 터벅터벅 걸었는데 잠시 후,

"어이쿠, 힘들다. 조금만 쉬자꾸나."

그러면서 남의 집 건물 앞에 주저앉아버렸다. 그렇게 집에 도착할 때까지 몇 번을 쉬었을까. 그러나 잠시 휴식을 취한 아버지는,

"일어서지 않으면 아무 일도 시작이 안 되지. 힘을 내보자!"

스스로를 북돋우며 다시 일어나 걷기 시작했다. 나는 그 모습

을 찍으며 속으로는 내가 지금 촬영하고 있을 때가 아닌데, 내가 짐을 들어야 하는데, 하고 딸로서의 양심과 싸우고 있었다.

특히 집 바로 옆까지 왔을 때 아버지가 길 한가운데에 선 채로 짐을 땅바닥에 내려놓고 고개를 숙이고서는 꼼짝도 하지 않아 정말로 어떻게 해야 하나 고민했다. 10초가량 아무런 미동이 없었다. 나는 멀리서 카메라 화면 너머로 보고 있었는데 '어, 무슨 일이지, 큰일인데' 싶어 카메라가 흔들렸다. '카메라를 멈추고 도와야겠다'고 생각하던 그때 느꼈던 내 마음의 동요가 흔들리는 영상을 볼 때마다 떠오른다.

그런데 그 순간, 아버지가 고개를 들더니 다시 앞으로 걷기 시작했다.

안도와 동시에 나는 부디 이웃들이 우리를 보지 않기를 바랐다. 누군가에게 이런 모습을 보인다면 '저 집 딸은 대체 뭐 하는 거야. 부모에게 저 큰 짐을 들려놓고 멀리서 카메라로 찍고 있던데' 하면서 틀림없이 이상한 딸이라고 소문이 날 테니까.

그나저나 이렇게 심각한 상황이었나. 나는 깜짝 놀랐다. 아버지는 "늘 이 정도 사서 간다"고 했다. 이 말은 내가 없을 땐 매일 이렇게 가쁜 숨을 몰아쉬며 무거운 짐을 나른단 뜻인가.

촬영한다는 목적으로 내가 없는 부모의 생활을 들여다보게 되었는데, 90대 아버지가 엄마를 돌보는 '노노개호'의 애처로

152

운 일상을 새삼 마주한 느낌이었다.

딸로서는 괴로운 사실을 알게 되었으나 그래도 알게 되어 다행이었다. 나는 아버지에게 최소한의 속죄의 의미로 장바구니를 넣고 밀어서 운반할 수 있는 노인 보행 보조기를 선물하기로 했다.

"나는 그런 늙은이들 쓰는 거 필요 없다. 꼴사나워."

처음에는 거부하던 아버지였는데(내가 '아버지 충분히 늙은이에요'라며 속으로 핀잔을 준 건 말할 것도 없지만), 사용해보더니 마음에 든 모양인지 지금은 장을 볼 때뿐만 아니라 모든 외출에 보행 보조기와 함께한다.

그 밖에도 아버지는 놀랄 만큼 다양한 일을 시작했다.

그날 사 온 고등어는 직접 굽고 제대로 무즙까지 뿌려 엄마에게 대접했다. 엄마는 아버지가 주방에 들어오는 것에 아직 거부감이 드는지 우왕좌왕 아버지의 뒤를 졸졸 따라다니며 자신의 존재를 어필했는데, 눈앞의 고등어 굽기에 집중하고 있는 아버지는 눈치를 전혀 못 챈다. 하는 수 없이 엄마는 아버지를 감독하는 듯한 자세로 아버지의 솜씨를 칭찬했다.

"맛있게 구웠네요~."

평소 아침 식사로 빵을 먹어서 아버지는 두 사람분의 토스트를 굽고 우유를 데우며 과일도 빼먹지 않고 준비하는데, 엄마가 좋아하는 사과를 자주 깎았다. 나는 아버지가 칼을 사용하는 모습을 처음 봤다. 처음에는 손놀림도 어설펐고 다치진 않을까 보고 있는 사람이 다 조마조마할 정도였다. 내놓은 사과도 껍질이 곳곳에 남아 있어 엉성했는데 계속 하다 보니 칼질도 갈수록 능숙해졌다.

와아, 사람은 90대가 되어도 이렇게 진화하는구나. 나는 아버지에게 숨겨져 있던 강한 생활력에 감동마저 느꼈다. 그리고 아버지 자신도,

"나도 하면 잘한단 말이지."

90대에 단숨에 꽃이 핀 집안일 솜씨에 스스로도 놀라 기쁘고 들떠 보이기까지 했다. 그 모습이 또 귀엽다.

어느 날 문득 깨닫고 보니 아버지가 엄마의 반짇고리를 꺼내어 바느질을 하고 있어 내 눈을 의심한 적도 있다. 엄마의 이불잇을 갈고 있었던 것이다. 꼼꼼했던 엄마는 얼굴이 닿는 부분에 천을 꿰매어 일주일마다 교체했었는데,

"네 엄마가 요즘 못 하게 되었잖냐, 내가 대신해야지. 더러워지면 네 엄마도 못마땅해할 게고."

"아버지, 어떻게 바느질을 할 줄 알아요? 어디서 배웠어요?"

내가 놀라 묻자,

"군에 가서 내 몸 하나는 챙길 수 있게 되었지. 취사, 바느질, 빨래, 뭐든 시켰으니까. 우물쭈물했다가는 상관에게 얻어맞으니 필사적으로 익혔어. 지금도 몸이 기억하는 게지."

아, 그랬구나…. 이런 데서 전쟁의 흔적이 보이다니, 생각도 못 했다. 아버지에게는 내가 모르는 엄청난 과거가 있다. 어쨌거나 전쟁에서 살아남은 사람이니까. 아버지에게는 딸인 나도 모르는 얼굴이 여전히 많을지 모르겠다.

아버지가 그 높은 잠재력을 가장 크게 발휘하여 나를 놀라게 한 일은 쓰레기 분리다. 아침에 하는 쓰레기 분리 배출도 어느새 아버지 담당이 되어 있었다. 엄마는 원체 꼼꼼한 성격이어서 넋을 잃을 정도로 완벽하게 쓰레기를 분리해 내놨는데, 아버지도 엄마에게 뒤지지 않을 만큼 빈틈이 없었다.

가연성 쓰레기와 불연성 쓰레기 구분은 기본. 페트병은 씻어서 라벨을 떼고 재활용으로. 우유팩은 씻어서 펼친 뒤 종이 쓰레기 버리는 날에. 식품용 플라스틱 트레이는 씻어서 슈퍼의 회수함. 신문지는 재활용 수거함에.

나는 눈을 크게 떴다. 솔직히 말해 아버지는 나보다 훨씬 에코 의식이 높았다.

그런데 아버지가 이걸 어떻게 이 정도로 세세히 알고 있지?

처음엔 신기했는데 이내 깨달았다. 아마 아버지는 그동안 '전업주부의 귀감'이던 엄마가 손을 못 대게 해 안 했을 뿐, 엄마가 분리 배출하는 모습을 꼼꼼히 지켜봐왔을 것이다. 원래 호기심이 강한 사람이라서 '오호, 페트병은 저렇게 버리는군. 나도 해보고 싶다'는 마음도 있지 않았을까.

쓰레기 분리 배출을 지휘하게 된 아버지는 왠지 모르게 조금 즐거워 보인다. 피는 못 속인다는 말처럼 딸로서는 '쓰레기 분리 배출은 게임을 하듯이 즐긴다'고 생각하고 있을 아버지의 마음도 왠지 알 것 같다.

아버지는 내가 내려와 있는 내내 내 동향에 눈을 빛내고 있다가 쓰레기가 조금이라도 나오면 바로 지도하기 시작한다.

"이건 비닐이니 여기에 버려라."

"이건 안을 씻어내고 뒤뜰에 내놔라."

나는 속으로 '말 안 해도 알아요'라고 외치지만 이제 이 집의 주부는 아버지이므로 아버지를 대우하며 "네, 네" 하면서 따르고 있다.

생각할수록 아버지가 엄마를 진정으로 존중해왔음을 느낀다. 엄마가 치매에 걸린 이후에도 집의 분위기는 기본적으로 아무것도 바뀌지 않았으니까. 딸인 내게는 지금도 어릴 때 보냈던 정겨운 공기 그대로의 집이다.

이유가 뭘까?

치매에 걸렸어도 지금껏 해왔던 대로 이 집을 지키고 싶다는 엄마의 주부로서의 집념도 있을 테고 아버지가 엄마의 모습을 잘 지켜보고서 그대로 이어받았기 때문일 거다.

세탁물 너는 법, 옷 개는 법, 옷 수납 장소, 부엌 선반의 그릇 위치, 주방의 조리 기구나 조미료 배치…. 집 안의 세부 사항 역시 아버지가 집안일을 맡고 난 뒤로도 거의 변함이 없다. 아버지는 그만큼 엄마가 쌓아온 노력을 존중하며 엄마의 존재 자체도 존중하고 있는 것이다.

부모를 칭찬하는 일은 여전히 낯간지럽지만, 나는 아버지를 다시 봤다. 불과 얼마 전까지 집안일이라고는 손도 대본 적 없던 노인이 배우자의 건강이 나빠지니 불만 않고 뭐든 대신하며, 배우자가 하던 대로 하고 있다. 자신도 90대 중반이면서! 이건 굉장한 일이다. 아무리 아내가 위기에 빠져서라고 해도 몸을 내던져 이렇게까지 할 수 있는 90대 남편이라니 대단하지 않은가.

과거에 엄마는 아버지를 고지식하다느니 재미가 없다느니, 온갖 흉을 봤었는데 실은 굉장히 멋진 남자를 붙잡았구나, 엄청난 복권을 뽑았다는 생각마저 들었다. 인생 최후의 코너에

157

접어들어, 더구나 자신이 치매에 걸린 이제야 '당첨'이었음을 알게 되는 것도 조금 늦은 감은 있지만, 어쨌거나 노년을 이런 배우자와 보낼 수 있는 엄마는 정말로 행복한 사람 같다.

그리고 나도.

나는 전형적인 '엄마바라기'여서 엄마가 치매에 걸리기 전까지는 엄마하고만 이야기를 나누었지 아버지의 존재는 안중에도 없었다. 아버지는 원래 과묵하고 집에서는 책만 읽고 있는 사람이다 보니 '아버지를 좋아하나? 싫어하나?' 하는 생각조차 한 적이 없을 정도로 내 안에서 아버지의 존재감은 희미했다. (50년이나 그런 상태였던 것에 대해 진심으로 아버지에게 죄송하다.)

그러나 엄마가 치매에 걸린 이후로는 필연적으로 중요한 일은 아버지에게 의논하는 수밖에 없었는데 이야기를 나눠보니 아버지는 가장으로서 가족을 지켜야 한다는 소명 의식이 강했고 자신도 초고령이라 아픈 아내를 돌보는 일이 힘들 텐데도 좀처럼 우는소리를 하지 않아, 정말 근사한 남자였음을 뒤늦게 깨달았다.

이런 멋진 남자를 50년이나 내 안에서 공기 취급했으니 '남자 보는 눈이 없다'는 소리를 들어도 별수 없지 싶다. 반성합니다.

그러고 보니 〈Mr. 선데이〉에서 처음으로 아버지와 엄마의 모습이 방송되고 몇몇 친구들에게 이런 이야기를 들었다. "나오코 아버지 같은 사람과 결혼하고 싶어. 남편으로 이상적인 타입이야."

그 당시에는 전혀 의미를 이해하지 못해 "뭐?" 하며 웃어버렸던 나였으나, 지금은 안다. 아버지 같은 사람을 정말로 '멋진 남자'라고 하는 걸지도. 비록 50년 넘게 걸렸지만 아버지의 근사함을 깨달아 참 다행이다.

엄마의 치매 전에 아버지가 먼저 세상을 떠났다면 내가 아버지의 근사함을 깨닫는 일은 아마 없었을 것이다. 어쩌면 이건 치매가 준 선물일지도 모르겠다. 그런 생각이 들자 치매라는 병이 꼭 나쁘지만은 않구나, 새로운 발견과 좋은 점도 있구나 싶었다. 지금은 이렇게도 생각하고 있다.

12

"카메라맨인지 뭔지 모르겠다만

모르는 녀석을 이 집에 들이지 마라"

⋮

후지TV의 〈Mr. 선데이〉 특집이 2016년 여름에 방송하는 것
으로 결정돼 프로듀서와 구성 작가와 만났다.

　프로그램 특성에 맞춰 부모의 생활을 밀착 취재한 영상과
함께 시청자에게 필요한 다양한 정보를 집어넣기로 했다. 직
원들과 논의한 결과 이번 특집에서는 자신이나 가족이 치매에

걸리면 어떻게 해야 할지 불안해하는 하는 사람들을 위해 실질적인 정보들을 소개하는 데 초점을 맞췄다. "가족의 치매가 의심되면 우선 이곳에서 상담을 받으세요" 하면서 원스톱 상담 창구인 지역포괄지원센터를 취재하기로 한 것이다.

'지역포괄지원센터'는 전국 각 지자체에 있는 치매 상담 창구 같은 곳이다. 치매를 진단해주는 병원의 위치나 요개호인정 신청 방법, 요개호인정 후 받을 수 있는 간병 서비스 등 치매에 관한 것은 모두 알려주는 아주 편리하고 친절한 행정기관(민간에 위탁하고 있는 경우도 있다)이다.

당연히 구례에도 본가 근처에 센터가 있어 평소 상담하러 가고 싶은 마음은 있었으나, 부모가 간병 서비스를 단호하게 거부하는 상황이라 부모의 뜻을 거역하는 것 같아 가지 못했다. 그래서 이 취재는 개인적으로도 '최적의 타이밍'에 찾아온 정말로 고마운 취재였다. 방송 취재차 간다고 하면 아버지도 반대할 수 없지 않을까 싶었기 때문이다.

방송 흐름은 이런 식으로 진행해야겠다고 생각했다.

먼저 내가 지금까지 찍어온 부모의 일상을 영상으로 소개한다. 그 후 본가 근처에 위치한 지역포괄지원센터에 상담하러 가서 직원에게 부모의 영상을 보여준 다음 전문가의 조언을 얻는다. 직원에게 노부부 둘이서만 지내는 생활이 얼마나 위험한지 구체적으로 이야기를 듣고 시에서 가능한 지원에 대해 안내받는다.

그리고 우리 집에서는 부모의 반대로 아직 이용해본 적 없는 공적인 간병 서비스도 함께 소개한다. 대표적으로 집안일을 지원해주는 요양보호사 파견 및 목욕이나 식사 및 취미 활동을 지원하는 데이케어센터가 있다. 데이케어센터는 물론 실제로 요양보호사 서비스를 받고 있는 가정도 취재할 예정이었다.

거기에 내 계획은 그렇게 완성된 방송을 부모에게 보여줌으로써 우회적으로 메시지를 전달하고자 했다. 집에만 머물러 있는 생활을 바꿔줄 계기가 되면 좋겠다고. 그런 희미한 기대를 안고 있었던 것이다.

그렇다, 이 시점에서는 정말이지 그렇게나 거절하던 간병 서비스를 부모가 받아들일 거라고는 생각도 못 했다. 기적은 한 번에 일어나지 않고 조금씩, 조금씩 일어났다. 일단은 대립의 첫 완화, 기적의 전조에 대해 이야기하겠다.

방송을 만들기 위해 내가 딸로서 사전에 부모에게 명확하게 확인받아야 하는 안건은 두 가지였다. 첫 번째는 내가 지역포괄지원센터에 가서 부모의 영상을 보여주는 것, 그리고 나머지 하나는 방송 카메라맨이 구레로 오는 것이다.

지역포괄지원센터 장면은 내가 상담자 겸 방송 리포터로 나서야 해서 직접 카메라를 들고 촬영할 수는 없었다. 즉, 직원과 나와의 대화를 촬영할 다른 카메라맨이 필요하다는 말이다. 자주 짝을 이뤄 일하는 가와이 데루히사가 도쿄에서 와주기로 했다. 데루히사와는 서로 잘 아는 사이라 일하기 편한 데다 붙임성이 좋아서 취재지의 사람들에게도 호감을 주는 청년이다. 그러나 아버지에게 카메라맨을 구레로 부른다고 전하니 갑작스레 경계 모드다.

"카메라맨이 온다고? 집에도 오는 게냐?"

"그게 말이죠, 아버지. 시청 근처에 치매에 관해 뭐든 상담할 수 있는 상담소가 있어요. 제가 거기 가서 상담을 받아보려고요. 그 모습을 카메라맨이 찍을 거예요."

"어째서 네가 시에 그런 상담을 하러 가는 게냐? 나는 시에서 우리한테 이래라저래라 하는 꼴은 못 본다."

"아버지와 엄마는 아무것도 안 해도 돼요. 방송 취재 때문에 가는 것뿐이에요. 이건 내 일이라고요."

"…그러냐, 네 일이라면 하는 수 없지. 그럼 갔다 오너라."

아버지 속여서 미안해요.

그러나 뒤이어 아버지가 꺼낸 말은 한동안 잊을 수 없을 만큼 강렬했다.

"카메라맨인지 뭔지 모르겠다만 모르는 녀석을 이 집에 들이지 마라. 네 카메라로만 우리를 찍어."

…네. 그렇게 할게요. 우리 아버지 무섭네.

데루히사가 도쿄에서 도착했고 그보다 한발 앞서 본가에 내려와 있던 나는,

"잠시 마중 나갔다 올게요."

부모에게 말하고 공항버스가 서는 버스정류장까지 나갔다. 데루히사를 만나,

"아버지가 완고하셔서 낯선 사람은 집에 들이지 말라고 하니 집에 들어가는 건 어려울지도 모르겠네. 그래도 모처럼 구레까지 와줬는데 잠깐 인사만이라도 드릴래?"

조심스레 집으로 데려갔더니 깜짝 놀랄 일이….

"어머, 어서 와요."

엄마가 싱글벙글 맞아준 것만으로도 놀랄 일인데 세상에나, 립스틱을 바르고 있다니! 대체 몇 년 만이지?

"나오코가 늘 신세 지고 있어요. 집이 좁지만 얼른 들어와요. 자, 어서."

갑자기 예전의 사교성이 돌아온 엄마. 감동해서 눈물이 나려는 걸 참으며 애써 말을 돌렸다.

"웬일이야 엄마, 립스틱 발랐네."

"네가 도쿄에서 회사 사람이 온다고 했잖니. 네가 일로 신세 지고 있는 사람이면 이 엄마도 예의를 차려야지."

엄마는 조금 전 내가 동료를 데리러 나간다던 말을 열심히 기억하고서는 화장을 하고 맞아준 것이다. 아, 역시 데려오길 잘했다. 집에 들이지 말라던 아버지 말에 따라 데루히사를 데려오지 않았다면 모처럼 엄마가 치장한 보람이 없을 뻔했다.

얼른 들어오라는 엄마의 말에 집에 들어온 데루히사 카메라맨. 몇 년 만의 방문자였다. 방에서 신문을 읽고 있던 아버지는 귀가 어두워서 현관에서 대화를 나누던 상황을 알지 못했는지 눈앞에 나타난 젊은 남자에게 "무슨 일이냐?!"는 엉뚱한 소리.

"도쿄에서 와준 카메라맨 데루히사예요. 현관에서 인사만 드리고 가려고 했는데 엄마가 들어오라고 해서요."

"…그러냐, 거참, 어서 오시오."

황급히 가장으로서의 위엄을 차리는 아버지. 내게는 모르는 녀석을 집에 들이지 말라며 위세 당당하게 말해놓고 정작 당사자를 앞에 두니 돌아가라는 소리도 못 하고 엉겁결에 어서 오라고 말해버린다. 내심 아버지에게 미안하면서도 웃겼다.

"엄마 립스틱 발랐던데 아버지가 발라줬어요?"

"뭐? 립스틱? 아니다, 나는 모른다. 네 엄마가 그런 걸 발랐어?"

아버지도 엄마가 오랜만의 방문자 앞에서 멋을 부리고 들뜬 모습을 보며 느끼는 바가 있었을 거다.

"그러면, 커피라도 내리랴? 자네 커피 좋아하는가?"

"네, 좋아합니다. 아버님이 내리는 커피가 맛있다고 나오코 씨에게 들어서요. 기대가 됩니다." 역시 호감도 높은 데루히사. 커피 애호가를 자칭하는 아버지의 자존심을 기분 좋게 자극해주었다.

몇 년 만에 아버지는 손님을 위해 커피를 내렸다. 그리고 몇 년 만에 립스틱을 바르고 젊은 남자와 상기된 얼굴로 이야기를 나누는 엄마. 그 들뜬 모습은 딸로서 기쁘면서도 창피스러워, 시선을 어디에 둬야 하나 싶은 기분이다.

데루히사는 여심 또한 잘 잡는다.

"어머님은 생신이 언제세요?"

"나는, 1월 5일이에요. 1929년 1월 5일."

"1929년이요? 그렇게 안 보이세요. 정말 동안이세요."

"아유 무슨 그런 말을, 이미 여든도 훨씬 넘은 할머닌데⋯."

데루히사의 입에 발린 말에 엄마 얼굴엔 미소가 피었다.

"어릴 때 말이지요, 생일인 사람은 교실 앞에 나와서 모두에게 축하를 받았는데 내 생일은 겨울방학이라 학교에서 축하를 못 받았어요. 그게 어찌나 슬프던지."

와아, 그런 이야기는 나도 들은 적이 없는데. 어린 시절의 기억은 이렇게나 선명하게 남아 있구나.

립스틱을 발라 조금 젊어 보이는 엄마의 수줍은 미소에서 소녀 시절의 모습이 보이는 듯해 내 마음도 따뜻해졌다. 아버지는 귀가 안 들려 대화에는 거의 참여하지 않았으나 기뻐하는 엄마를 보면서,

"다행이다. 네 엄마가 저리도 즐겁게 웃는 모습은 오랜만에 본다. 그나저나 나도 몰랐다만 언제 입술을 칠한 게야…."

아주 감격한 듯 보였다. 그리고 데루히사가 아버지에게,

"커피 잘 마셨습니다. 정말 맛이 좋네요."

감사 인사를 전하자,

"참말이요? 고맙소."

아버지의 목소리가 들떴다. 어지간히 기쁜 모양이다. 데루히사 귀에 다 들린다고 하는데도 아랑곳 않고 예의 그 단골 콧노래를 부르기 시작하는데.

지금 생각해보면 몇 년 만에 이뤄진 낯선 이의 방문이 우리 집의 분기점이 되었다. 이날 이후로 우리 집엔 다시 사회로 향하는 문이 열렸다.

13

"저희에게 연결만 해주시면
그다음은 어떻게 해서든 들어갈게요"

.
.
.

2016년 4월 14일. 구레로 와준 데루히사 카메라맨과 함께 본
가 근처에 위치한 '구레시 중앙 지역포괄지원센터'로 상담을
받으러 갔다. 소장님과 함께 케어매니저와 간호사 자격을 보
유한 베테랑 여직원 다카하시 씨가 우리를 맞이해주었다. 다
카하시 씨는 이후 완고한 아버지를 상대로 크게 활약해준 분

이다. 두 사람에게 우리 집 사정을 이야기하고 내가 찍은 영상을 보여주었다.

"아버님이 굉장히 애쓰고 계시네요."

아버지가 대야로 빨래하는 모습이나 장을 보고 무거운 짐을 비틀대며 옮기는 장면을 보면서 역시나 그렇게 말했다.

"아버님의 뜻은 존중합니다만 언제 무슨 일이 일어나도 이상할 게 없는 부부라는 인상이네요. 지금은 아슬아슬한 한계점에서 두 사람이 서로 지탱하며 생활하시는데 균형이 하나라도 무너지면 단숨에 위험해질 것 같아 걱정입니다."

소장님은 남성의 입장에서 이렇게 말했다.

"남자는 간병을 일처럼 여기고 노력하는 분이 많습니다. 아버님은 이미 95세시죠. 연세도 연세고 사명감으로 무리하실까 걱정이네요."

아, 아버지는 역시 그런 유형일지도 모르겠다. 회사를 다니던 시절에도 성실하게 꾸준히 노력하는 사람이었으니까.

의외였던 점도 있다. 나는 요양보호사가 집으로 방문해 두 사람의 생활을 도와주는 것에만 생각이 미쳤는데, 다카하시 씨는 그보다도 엄마를 외부로 데리고 나오는 쪽이 중요한 과제라고 했다.

"아버님이 장을 보러 나가시니 어머님이 외출을 안 하시죠?"

"그러네요. 엄마는 하루 종일 집에 있어요. 아버지가 귀가 잘 안 들려서 거의 대화 상대가 못 돼주니까 엄마 혼자 주방에 앉아 멍하니 있는 느낌이에요. 기분이 좋을 때도 있지만 하루에 몇 번씩은 불안이 솟구치는 모양인지 '내가 노망이 났다. 어쩌면 좋아. 두 사람에게 짐만 돼서 미안해요.' 그러면서 울어요."

"그게 가장 문제예요. 외부로부터 새로운 자극이 없이 안에 틀어박히는 생활이죠. 그러면 당사자의 마음은 자꾸만 우울해지고 치매도 진행돼버려요."

"치매가 진행된다…."

"따님께서 집에 오면 따님이 이야기 상대가 돼주니 괜찮지만 평소의 어머님은 아마 더 고독하다고 느낄 거예요. 병에 자각적인 편이어서 어째서 이렇게 되었을까 하고 혼자 고민하고 계실 것 같은데, 고민해도 해결책은 보이지 않지 뇌는 위축되고 있어서 생각을 하면 할수록 혼란스러워지고 불안이 격해지기만 할 뿐이에요. 좋을 게 하나도 없습니다."

그리고 분명하게 말했다.

"지금 어머님에게 필요한 건 밖으로 나와 기분 전환을 하는 거예요."

나는 머리를 세게 얻어맞은 기분이 들었다. 내 상상력이 얼마나 부족했는지 알게 되었다. 그래, 내가 보고 있는 엄마는 당연한 말이지만 내가 있을 때의 엄마뿐이다. 내가 없을 때의 엄마는 아마도 훨씬 더 고독하리라….

최근 아버지와 무심히 주고받은 대화를 떠올렸다. 내가 도쿄에서 사 온 과자를 먹으며 "맛있네" 감탄하는 엄마를 아버지가 곁눈질로 쳐다보더니 "아이고" 하면서 쓴웃음을 지으며 말했다.

"네가 오면 네 엄마는 정말로 기분이 좋아진다. 나와 둘이 있을 때는 눈을 부라리며 화만 내는데 말이다."

"그게 무슨 소리예요? 눈을 부라린다니. 무슨 화를 그렇게 내는데요?"

"그게 말이다, 나도 모르겠다. 내가 듣지를 못하니 더 화가 나는 모양이야."

그때 엄마가, "어머? 내가 언제 당신한테 화를 냈어요? 화 안 냈어요. 착한 아내한테 무슨 그런 말을" 하면서 중간에 끼어드는 바람에 아버지도 나도 웃고 말았고 그대로 이야기는 끝이 났다. 아버지가 그때 한 말은 진짜였을까. 내가 없을 때의 엄마는 그런 모습일까. 기껏 아버지가 힌트를 주었는데 나는 제대로 포착하지 못했다. '눈을 부라리고 화를 내는 것'은 자신의 이변이 불안해서 아버지에게 호소했던 것일지 모른다. 스스로가 한심스러워서 폭발한 것일지도 모른다. 그러나 귀가 먼 아버지가 잘 알아듣지 못하니 더욱 화가 나고 더욱 고독해졌으리라.

그렇다고 해도 고령의 아버지에게 엄마가 하는 말을 잘 들어주라고는 못 하겠다. 가여워서. 분명 듣고 기분 좋을 내용은 아닐 테니까.

엄마, 아버지, 미안해요.

다카하시 씨는 엄마의 기분 전환을 위해 데이케어센터 이용을 적극 권했다. 데이케어센터는 요개호인정을 받은 사람이 모여 일일 케어 시설을 이용하는 간병 서비스다. 시설에서는 건강 상태를 확인하고 직원의 도움을 받아 목욕도 하고 점심 식사를 다 같이 먹는다.

"데이케어센터에서는 한나절 동안 다양한 프로그램이 운영되고 있어요. 목욕합시다, 이번에는 종이접기를 해봅시다, 게임을 해봅시다, 이런 식으로 많은 직원들의 지시가 이어져요. 이를 따라가다 보면 자신이 이상하다는 쓸데없는 생각을 할 여유가 없어지죠."

그리고 무엇보다 좋은 것은 여럿이서 체조를 하거나 노래를 부르는 등 다양한 레크리에이션 활동에 참여하면서 새로운 관계를 맺을 수 있고 신체와 뇌가 여러 자극을 받아 치매 진행이

둔화된다고도 했다.

"사람과 교류하면서 적절한 자극이 있는 생활을 하는 것. 치매 진행을 멈추려면 이것이 반드시 필요해요."

데이케어센터라는 생각지 못한 제안에 내 머리가 쫓아가지를 못한다.

"엄마가 지시를 받고 혼란스러워하거나 피곤해하지 않을까요?"

"혼란스러울 만한 지시는 하지 않으니 걱정 말아요. 함께 노는 분위기에서 자연스레 이루어지니까요. 피곤은, 그야 피곤할 거예요. 갑자기 타인에게 둘러싸이니 피로해지죠. 집에 돌아오면 아마 녹초가 될 거예요. 그렇지만 그 덕분에 집에 돌아와서도 부정적인 생각을 하지 않고 푹 잘 수 있어요. 숙면을 취해 피로가 풀리고 회복됐을 즈음 다시 데이케어센터로 가서 기분좋은 자극을 받는 거죠. 그런 사이클로 생활하면 사고방식이 내향적으로 흐르지 않고 정기적으로 자극을 얻을 수 있어서 치매 진행이 어려워질 거예요."

게다가 직원이 차로 데리러 오고 데려다주기 때문에 아침저녁으로 집에 있는 아버지의 안부도 확인받을 수 있다. 이야기를 들을수록 우리 집에 꼭 필요한 장점들만 있는 것 같다. 내 생각만으로 결정할 수 있는 일이라면 당장이라도 부탁하고 싶을 정돈데….

노인장기요양보험을 이용해 이 서비스를 받으려면 보험증만으로는 안 되고 우선은 엄마의 '요개호인정' 발급이 필요하다. '엄마는 지금 어떤 상태이고 어떤 간병이 어느 정도 필요한가' 하는 판정을 받아야 하는 것이다. 이를 위해서는 구레시에 '요개호인정' 신청을 해서 엄마 본인과 가족이 시의 설문 조사에 응하고 주치의의 소견서도 받아야 하는 등 다양한 절차가 따른다.

"한번 댁에 방문해 아버님과 이야기를 나눠보고 싶은데 괜찮으세요?"

다카하시 씨의 말에 나도 모르게 무기력해졌다.

"아버지는 반대할 거예요."

그럼에도 다카하시 씨는 열성적이었다.

"괜찮습니다. '우리는 그런 거 필요 없다'고 하셔도 '알겠습니다. 그래도 걱정이 되니 또 올게요' 이런 식으로 대화를 나눌 수 있으면 돼요. 얼굴을 익혀두는 거죠. 그런 다음 '좀 어떠세요?' 하면서 여러 번 찾아가다 보면 언젠가는 '그럼 부탁해볼까' 하는 마음이 드실지도 모르니까요."

그럼에도 불안해하는 내게 정말로 든든한 말을 해주었다.

"맡겨주세요. 저희로서도 걱정되는 케이스여서, 일단 저희에게 연결만 해주시면 그다음은 어떻게 해서든 들어갈게요."

나는 울고 말았다. 돌아오는 길에 소장님이 내게 건넨 말 때문에.

"'내가 뭔가 해야만 한다'고 너무 깊이 생각하지 말아요. 지금도 따님은 충분히 역할을 다하고 있습니다. 멀리 떨어져 있어도요. 우리를 부모님과 만나게만 해주시면, 그걸로 충분합니다."

"정말로요? 제가 딸 역할을 제대로 하고 있는 건가요?"

무심결에 울먹거리고 만 나. 실은 그때까지 줄곧 이웃들에게 어떻게 비치고 있을지, '이 집 딸은 저렇게 아픈 부모를 내버려둔 채 도쿄에 나가 있다니 대체 생각이 있나'라고 생각하지는 않을까 걱정하고 있었다. 그래서 예상치 못한 따뜻한 말을 듣고 그만….

부끄러워서 그 영상은 아무에게도 못 보여주지만.

그날 돌아와 아버지에게 조심스럽게 전했다.

"오늘 간 상담소 사람이요, 걱정이 돼서 그런다고 한 번만, 집에 들러도 되겠냐고 묻더라고요."

"그래서? 너는 뭐라고 한 게야?"

"걱정이 된다고 하는데 거기에 대고 거절할 수는 없잖아요,

'아버지에게 물어볼게요' 하고 왔어요."

"정말이지, 이래서 내가 싫었던 게다."

역시나 언짢아하는 아버지.

"그래도, 친절하고 우리를 생각해주는 좋은 사람이었어요. 나도 모르는 게 많아서 공부도 되었고, 아버지도 언젠가는 필요해질 테니까 이번 기회에 이야기만이라도 들어보면 좋을 거예요."

한동안 이어진 어색한 침묵을 가르는 아버지의 말에 나는 깜짝 놀랐다.

"데루히사 자네 생각은 어떤가?"

뭐? 데루히사에게 묻는다고? 이거 잘하면 되겠는데.

이미 데루히사는 아버지와 친구가 된 상태라 이때도 함께 식탁에 앉아 아버지가 내린 커피를 마시고 있었다. 그런 데루히사에게 아버지가 의견을 구했으니 나는 내심 '이거 되겠다' 싶었던 것이다.

데루히사, 잘 부탁해!

"글쎄요, 저도 상담원을 만났는데 베테랑이고 의지가 될 만한 사람이었습니다. 앞으로 언젠가 누군가에게 부탁해야 한다면 오늘 만났던 다카하시 씨가 좋을 것 같습니다."

"흠, 그런가…. 내가 자꾸만 거절하는 것도 어른답지 못하니 이야기만이라도 들어볼까. 듣고 거절해도 되는 게지?"

"당연하죠. 아버님 좋으실 대로 하시면 됩니다."

데루히사, 나이스! 고마워. 우리는 엉겁결에 눈짓을 했다.

좋았어, 미션 완료! 이것으로 일단 지역포괄지원센터와 연결되었다. 나머지는 다카하시 씨에게 맡겨야지.

생각해보면 아버지는 데루히사도 만나기 전에는 "도쿄의 카메라맨인지 뭔지 나는 안 만난다. 집에 들이지 마라" 하고 거절했었는데 결국엔 받아들였고 자연스레 친해져서는 어느새 의지마저 하고 있는 듯하다. 그렇다면 지역포괄지원센터의 다카하시 씨 역시 결국에는 받아들이고서 의지할지도 모른다.

'도쿄의 카메라맨'도 그렇고 '지역포괄지원센터 직원'도 만나기 전 하는 일만 듣고서는 "그게 누구냐?"며 경계하지만 만나보면 인간적으로 좋은 사람임을 느껴 마음을 열고 친해질 것이다. 분명. 이상하게 희망이 생겨났다.

바로 다음 날 다카하시 씨가 방문해주었다. 아버지도 엄마도 전날 데루히사를 만나 '갑작스런 방문자'에게 면역이 생겼는지 긴장하면서도 사교성을 제대로 발휘하여 환영하는 분위기를 내보였다. 아무래도 아버지는 '딸의 체면을 생각해서 일단 오라고는 했지만 어떤 제안을 받더라도 정중히 거절하고 돌려보내야지'라고 계획했던 모양이다. 그러나 상대는 한참 고수다.

"아버님 정말로 애 많이 쓰셨어요. 그 연세에 대단하세요."

다카하시 씨는 우선 아버지를 치켜세웠다.

"그렇지만 언제 무슨 일이 일어날지는 아무도 모릅니다. 만약 아버님이 쓰러지셔서 못 일어나게 되면 어떻게 될까요?"

갑자기 불안해할 말을 했다. 흔들기 전법이다.

"무슨 일이 생기면 딸에게 부탁하면 됩니다."

"한나절이 걸리는데요?"

"뭐요?"

"따님에게 부탁하셔도 도쿄에 있잖아요. 내려오는 데만 한나절이 걸려요. 그동안 어떻게 하시려고요? 구레에 부탁할 만한 사람이 없으면 따님도 애가 탈 텐데요, 그 한나절 동안."

그런 긴급 상황에 대비하기 위해서도 엄마가 요개호인정을 받아 담당 케어매니저가 붙는 것이 좋음을 알기 쉽게 설명해주었다. 그리고 내가 아버지에게 하고 싶어도 못 했던 말도 몽땅 해주었다.

"따님은 아버님과 어머님에게 무슨 일이 생겨도 당장 달려올 수 있는 거리에 살고 있지 않잖아요. 따님이 많이 걱정하고 있어요. 따님이 걱정하지 않도록 저희가 아버님과 어머님을 도와드릴게요, 구례에서 함께 노력해나가요."

이 말에 아버지는 감정이 누그러졌는지 조금 풀 죽은 목소리로 대답했다.

"맞는 말이오. 딸도 떨어져 있으니 우리가 걱정이겠지. 집사람이 치매에 걸린 뒤로 딸이 몇 번이나 구례로 내려와야 해서 교통비도 많이 들었을 테고 딸에게는 그저 미안함뿐이오."

아버지, 그렇게 생각했었어요? 미안하다뇨, 나 정말 아무렇지 않아요, 그러지 마요…. 처음으로 듣는 아버지의 속마음에 가슴이 아렸다.

"내가 귀가 잘 들리면 좋을 텐데, 귀가 먹어서 집사람한테도 충분히 못 해주는 것 같소."

아버지의 등이 점점 움츠러드는 모습을 보면서 내 신념이 흔들렸다. 이건 천재일우의 기회다, 반드시 아버지에게 간병 서비스의 필요성을 이해시켜서 아버지를 납득시킬 테다, 그렇게만 생각했다. 간병 서비스는 엄마가 치매 진단을 받은 때부터 줄곧 내가 바라왔으니까.

그런데 갑자기 움츠러드는 아버지의 모습에 깜짝 놀랐다.

나는 아버지의 존엄을 짓밟고 있는 게 아닐까. 가장으로서의 위엄과 책임감을 가지고 아픈 아내를 자신의 손으로 지키고자 애써온 아버지에게서 그 소중한 존엄을 빼앗으려고 하는 게 아닐까.

아버지가 간병 서비스를 받아들인다는 것은 자신의 한계를 인정한다는 의미다. 자신만으로는 어쩔 도리가 없으니 도와주세요, 하고 백기를 드는 것이다. 내 마음 편하자고 외부에 도움을 부탁하는 일이 아버지의 자부심에 상처를 내지는 않을까? 하지만 이미 공은 지역포괄지원센터로 넘어갔다.

"저희에게 연결만 해주시면 그다음은 어떻게 해서든 들어갈 테니 안심하세요."

센터 직원의 말에 안심한 것도 솔직한 심정이다.

아버지도 점점 늙어가니 혼자서 엄마를 돌보지 못하게 되는 날이 언젠가는 찾아온다. 그때가 지금이라는 것일 뿐, 지금 아버지가 느끼고 있을 무력감이나 굴욕감은 결국 피할 수 없는 것이다. 나는 어떻게든 나 자신을 납득시키려 했고 엄마는 그런 내 옆에서 불안해했다.

"정말로 미안하다. 나를 위해 모두들 이렇게나 신경을 써주니. 모두에게 피해를 줬구나. 이를 어쩌나…."

이 또한 내 마음을 어지럽히며 슬프게 했다.

다카하시 씨는 사전에 "이번에 거절당하더라도 아버님과 대화를 이어나갈 수 있으면 포기 않고 설득할게요"라고 했는데,

이 첫 방문에서 아버지는 엄마의 요개호인정을 신청하기로 결정했다. 다카하시 씨의 이야기를 자세히 들은 다음 스스로 결단을 내린 것이다.

결정적 요인은 요개호인정을 받기까지의 기간에 대한 설명이었다.

"집사람의 요개호인정은 필요한 때가 되면 신청하겠소, 아직은 됐어요."

아버지는 거절하려 했으나 다카하시 씨의,

"저기, 아버님, 요개호인정을 받으려고 해도 신청 후 승인이 떨어지기까지 한 달은 걸려요. 그사이 어떻게 하시려고요?"

이 말이 아버지에게 쐐기를 박은 모양이다.

"그렇소? 한 달이나 걸리다니. 그러면 신청만이라도 해두는 게 좋겠군…."

여기에는 사실 '진실을 반만 전하는' 숨은 비법이 있었다. 실제로는 요개호인정이 승인될 상태라고 현장에서 판단되면 요개호인정으로 간주해 바로 간병 서비스가 시작되며 승인 자체는 그 이후에라도 되는데, 그건 비밀로 해주었다. 거짓도 아닐뿐더러 과연 베테랑답다.

이렇게 아버지는 내가 아무리 설득해도 거절해온 '요개호인정'을 다카하시 씨의 능숙하고 끈기 있는(귀가 먼 아버지의 사정

181

올 고려해 같은 내용을 죄송할 정도로 몇 번이고 반복해서 말해주었
다) 설명 덕분에 충분히 납득하고서 신청하기로 한 것이다.

우리 집은 염원의 요개호인정 신청에 간신히 이르렀으나 내
기분은 복잡했다. 아버지는 태연한 체했지만 확실히 우울해하
고 있었다.

"나도 늙은 게지."

아버지가 말했다.

"누구의 신세도 지지 않고 내 힘으로 살다 내 힘으로 죽으리
라 생각했건만 늙으니 피해를 주게 되는구나. 이건 어쩔 도리
가 없구면."

"아버지…."

나는 위로할 말을 찾지 못했다. 한편 엄마는 독특하고 과격
한 표현을 해서 나로서는 오히려 대하기 편했다.

"내가 그만 살고 죽어야 하는데. 남한테 이렇게 폐만 끼치니."

"그런 생각 하지 마. 저 사람들은 그게 일이야. 엄마 같은 사
람이 모두 죽어버리면 저 사람들도 일이 없어져서 곤란해진다
고."

"그러니. 그럼 나는 저 사람들에게 도움이 된다는 말이니?
그러면 뭐 다행인가."

"그렇다니깐. 엄마가 살아 있어주는 것만으로도 도움이 된다고. 물론 내게도 도움이 되고. 엄마가 이렇게 나와 함께해서 기뻐."

"그럼 다행이구나. 고맙다."

죽는 게 낫다고 말하다가 결국에는 웃는 얼굴. 엄마는 간병 서비스가 시작되어도 의외로 괜찮을지 모르겠다.

왠지 모르게 기운 없는 아버지가 걱정되어 나는 오랜 시간 부모의 주치의였던 사사키 선생님과 의논해보기로 했다. 사사키 선생님은 내가 어릴 때부터 동네 병원을 운영한 터라 부모 모두 오랜 세월 신세를 지고 있는 의사다. 아버지와 엄마의 생활도 속속들이 알고 있어 나도 엄마의 치매에 관해 자주 의논해왔다. 그러나 선생님 본인도 나이를 먹어 지난해 아쉽게도 병원 문을 닫은 상태였다. 내가 전화로 사정을 이야기하니 선생님은 애써 우리 집까지 걸음을 하셨다.

오랜만에 사사키 선생님의 얼굴을 보고 아버지와 엄마는 크게 반겼다. "건강해 보이시네요." 선생님의 한마디에 아버지는 어깨를 펴고 잰걸음으로 뛰쳐나오며 만면에 미소를 보였다.

"그럭저럭 지내고 있지요. 어서 들어와요."

그러고는 부리나케 갓 내린 커피를 대접했다. 엄마는 선생님의 농담을 들을 때마다 손으로 입을 가리고는 "오호호호" 하며 무슨 사모님처럼 조신하게 웃고 있다. 왜 점잔을 빼고 있지? 나는 의아해졌다.

사사키 선생님은 넌지시 부모에게 간병 서비스의 중요성을 이야기해주었다.

"어머님은 외출을 거의 안 하시잖아요. 계속 집에 있으면 말수도 적어지고요. 말은 부지런히 해야 좋아요. 뇌의 혈류 공급이 좋아져 뇌를 활성화시키거든요. 그러면 말이죠, 치매가 안 와요. 가끔씩은 바깥에도 나가고 사람을 많이 만나세요. 그렇게 즐겁게 생활해야 치매가 잘 안 와요."

엄마는 "아, 그렇군요, 네, 네" 하며 주의 깊게 선생님의 이야기를 듣고 있었는데 갑자기 아버지를 향해,

"노망나지 말아요, 당신."

이 말에 아버지도 선생님도 쓴웃음을 짓고 말았다. 이 모습은 영화에도 담겼는데 나는 엄마가 웃으며 "노망나지 말아요" 하는 부분이 참 마음에 든다. 웃음으로 얼버무리고 있지만 아주 절실하며, 자신보다도 아버지를 위로하는 듯한 울적한 미소….

엄마는 이때 어떤 마음이었을까. 그 생각에 눈물이 터질 뻔했다.

"아버님은 변함없이 열심히 공부하시네요. 신문을 네 부나

읽으세요? 대단하셔요."

사사키 선생님에게 칭찬을 받은 아버지는 덕분에 자신감을 되찾았는지 노인장기요양보험으로 받을 수 있는 간병 서비스에 적극적인 관심을 보였다. 지역포괄지원센터의 다카하시 씨가 두고 간 팸플릿과 내가 방송 제작을 위해 들고 있던 노인장기요양보험에 관한 책을 닥치는 대로 읽기 시작한 것이다.

스스로 납득하고 결정했으니 더는 뒤돌아보지 않고 앞을 향해 나아간다. 내 부모지만 이런 자세가 대단하다고 생각한다. 아버지는 고령임에도 과거 이야기는 거의 안 한다. 언제나 지금, 그리고 앞으로의 일을 생각하고 있는 것 같다. 나는 아버지 몰래 '미래 지향 노인'이라는 별명을 붙였을 정도다.

아버지는 실제로 네 종류의 신문을 읽고 있었는데, "같은 뉴스라도 신문마다 분석이 다르다. 치우치지 않고 폭넓은 시야로 사물을 봐야 한다"며 요미우리신문, 아사히신문, 주고쿠신문을 구독하고 있었고, 거기에 동네 창가학회(創価学会, 일본 신흥 종교 단체-옮긴이) 사람이 보내주는 창가학회 발행의 세이쿄 신문도 읽고 있어 총 네 부가 되었다.

매일 그 네 부를 모두 훑으며 흥미 있는 기사에는 빨간 줄을 긋고 모르는 단어는 사전을 찾아 노트에 요약정리하며 기사를 스크랩한다. 방에는 아버지의 스크랩북이 몇 권이나 쌓여 있는데 왠지 손을 대면 안 될 것 같은 기분이 들어 지금까지 한 번도 본 적이 없다. 아버지에게는 보물의 산이지 싶다. 거기에 새롭게 간병 서비스에 관한 기사를 모은 스크랩북이 추가되고 2016년 여름 우리 집에서는 공적인 간병 서비스를 받는, 엄마의 간병 생활이 본격적으로 시작되었다.

14

"간병은 전문가와
공유하세요"

:

2016년 6월 중순. 구레시에서 부모의 요개호 등급을 알리는
통지서가 왔다.

'부모의'로 시작된 글에 무슨 말인가 싶어 어리둥절해하는
분도 있을지 모르겠다. 그렇다 '엄마의'가 아니다. 실은 이번에
아버지도 함께 요개호인정을 신청했다. 지역포괄지원센터의

다카하시 씨의 제안으로 치매인 엄마뿐만 아니라 허리가 굽은 95세 아버지도 요개호인정을 신청하기로 한 것이다.

"나는 됐다."

어디까지나 남에게 신세 지는 것을 용납하지 않는 아버지는 강하게 저항했으나 "만약 아버님이 가장 가벼운 요지원1이라도 받으면 어머님과 함께 데이케어센터에 갈 수 있어요. 어머님도 아버님과 함께 있어야 안심이 되지 않을까요?"라는 말에 아내 걱정인 아버지는 "그야 그렇소만" 하며 결국에는 고집을 꺾고 신청하기로 한 것이다.

이러한 연유로 구레시청에서 온 서신에는 아버지와 엄마, 두 사람의 통지서가 들어 있었다.

후생노동성이 정하는 요개호 등급은 정도가 가벼운 순으로 요지원1, 요지원2, 요개호1, 요개호2, 요개호3, 요개호4, 요개호5의 총 7단계로 분류된다.

먼저 엄마 것을 열어봤다.

"당신은 요개호1이구먼."

아버지가 엄마에게 알렸다. 요개호1은 가벼운 순에서 세 번째. 웬만한 일은 대부분 스스로 할 수 있지만 운동 기능이나 인지 기능이 저하되어 있어서 부분적으로 간병이 필요한 상태다. 국가로부터 요개호1 등급을 받으면 노인장기요양보험이

적용돼 데이케어센터 이용과 요양보호사 파견도 주 2, 3회는 시작할 수 있다.

"이게 뭐예요? 무슨 말이에요?"

엄마는 의아한 얼굴로 자신에게 온 통지서를 꼼꼼히 뜯어보고 있다.

"당신은 몰라도 돼. 내가 공부할 테니, 모르는 게 있으면 그때마다 알려주리다."

"좋겠네, 엄마는. 든든한 남편이 있어서."

"좋고 말고. 네 아버지는 믿음직스럽다."

어머머, 남편 자랑인가요. 사이도 좋아라.

그리고 아버지의 요개호 등급은….

"나는 해당이 안 된다는군."

아버지의 목소리가 들떠 있었다. 이는 '요개호 상태에 해당되지 않는다'는 의미로 다시 말해 아버지는 '당신은 간병의 필요성이 전혀 인정되지 않습니다'라는 국가의 보증을 받은(?) 것이다.

"나는 아픈 곳이 없다는 말이야. 그저 나이만 먹었을 뿐이라는 게지."

"그러네요. 대단하네, 우리 아버지. 일본에서 제일 건강한 95세일지도 몰라요."

내가 진심으로 칭찬하는 마음을 담아 말하자,

"거봐라, 나는 안 될 거라고 했잖냐. 역시 생각한 대로군."

하면서 콧구멍을 벌렁이는 아버지의 그 기쁜 표정이란! 이 '비해당' 판정은 아버지에게 큰 자신감을 준 모양인지 아버지는 이날 이후 한동안 콧노래를 불러대며 기분이 좋아 보였다.

엄마에게 '요개호1' 등급이 나오기까지 가슴 철렁했던 적도 있었다. 엄마가 생활하는 모습을 조사하기 위해 구레시청의 노인장기요양보험과 직원이 방문 조사를 왔었는데, 엄마는 갑자기 또렷한 정신으로 조사원의 질문에 "그것도 할 수 있어요" "이것도 할 수 있어요" 하며 의기양양하게 대답해버리는 것이다.

"요리요? 당연히 제가 매일 남편 몫까지 만들지요."

"빨래요? 당연히 매일 하고 있지요."

뭐? 엄마, 그건 거짓말이잖아! (이건 내 마음의 소리. 하지만 엄마가 가여워서 차마 입 밖으로는 못 낸다.)

거기서 아버지가 한마디,

"식사는 내가 반찬이며 도시락을 사러 갑니다."

사실을 말할라치면,

"무슨 소리예요, 당신. 도시락을 언제 샀다고 그래요, 누가 들으면 진짜라고 하겠네. 맨날 내가 당신 몸 생각해서 만들잖아요."

그러면서 아버지를 쏘아본다. 아버지도 엄마에게 크게 한소리 듣자 쓴웃음만 지을 뿐 그 이상 대꾸하지 않는다. 아내를 위하는 마음을 이런 데서는 발휘 안 해도 되는데. 조사원은 엄마의 말을 순순히 들으며 "네, 그렇습니까, 그런가요" 하면서 조사표를 적어나갔다.

상상도 못 한 전개에 나는 초조해졌다. 기껏 아버지까지 납득시켜 신청을 단행했는데 이러다 엄마가 요개호 등급을 못 받게 되는 건 눈 뜨고 볼 수 없다. 엄마, 대체 왜 그렇게 좋은 얼굴을 하고 있는 거야? 이러면 훗날 곤란해지는 건 엄마라고.

"알겠습니다. 그럼 이것으로 마칠게요. 감사합니다."

조사원이 자리에서 일어나려고 하기에,

"벌써 끝났나요?"

조마조마했는데 조사원은 역시 조사원이었다. 아버지와 나를 따로 부르는 것이다.

"잠시 저기까지 배웅해주시겠어요?"

우리를 바깥까지 데리고 나와서는 집 밖에서 '진짜 상태'를 꼼꼼하게 물어보며 확인했다.

조사원의 말에 따르면 엄마의 이런 태도는 '치매 환자의 특징'인 듯했다.

"대부분 당사자는 저희들에게 좋은 모습을 보이려는 의욕이 넘치세요. 그래서 항상 당사자와의 면담 이후에 가족분들의 이야기를 따로 듣고 있어요. 댁의 경우에는 아버님이 귀가 잘 안 들리셔서 큰 소리로 대화를 나누게 되면 어머님께 전부 들릴 것 같아 이렇게 밖으로 모셨습니다."

역시, 그런 거였구나. 엄마의 자존심을 지켜주며 조사를 해주는 배려가 정말이지 고마웠다.

그러나 '도시락 같은 건 구매한 적이 없다. 항상 내가 요리한다'는 주장을 엄마 스스로가 진심으로 믿고 있는 것은 아니라고 생각한다. 단지 창피스러워 남들에게 들키고 싶지 않을 뿐. 그런 엄마의 자존심이 드러난 사건이 있었다. 집에 내려온 날 때마침 도시락을 사 가지고 온 엄마와 맞닥뜨린 것이다.

아버지는 엄마가 할 수 있는 일은 엄마에게 맡겨 가능한 한 치매 진행을 막겠다는 생각이어서, 집에 혼자 돌아올 수 있겠다고 판단되면 자주 엄마에게 부탁했다. 이날도 내가 집에 도착하니 아버지는 가까운 편의점에 도시락을 사러 간 엄마를 집에서 기다리고 있었다.

아버지와 함께 밖으로 나가자 냇가를 따라 걸어오는 엄마를 발견. 손에는 편의점 도시락이 들려 있었는데 옆에서 보면 전혀 알 수 없었다. 집에서 챙겨 간 감색 장바구니에 담아 왔기 때문이다. 편의점의 반투명 봉투에 넣어 오면 이웃에게 도시락 산 것을 들키니 엄마 나름의 고안이었던 것이다.

"엄마 뭐 사 왔어?"

내가 모르는 척 묻자 기어들어가는 목소리로 마치 립싱크하듯이 대답했다.

"도·시·락."

나는 그 대답에 깜짝 놀라는 동시에 '아, 큰 소리로 묻지 말걸, 실수했다…' 싶어 반성했던 기억이 선명하게 남아 있다. 그리고 그때 비로소 엄마 손에 들린 감색 장바구니를 보며 도시락을 숨겨 온 걸 눈치챘다.

아, 치매라고 해도 주부로서의 긍지는 또렷하게 남아 있구나. 젊을 때부터 요리를 잘해서 뭐든 손수 만들던 엄마. 본인도 요리에 자신이 있어 손님이 오면 선뜻 식사를 대접하거나 직접 만든 반찬을 이웃들에게 나눠주고는 했다. 그런 엄마가 더 이상 자신이 요리를 할 수 없게 되었다는 사실을 인정하고 근처 편의점에서 도시락을 사다니…. 계산대에서 돈을 지불할 때 엄마는 점원 앞에서 어떤 얼굴을 했을까. 이날 일을 떠올릴 때마다 엄마의 기분이 상상되어 슬퍼진다.

노인장기요양보험의 설문 조사로 되돌아가면, 엄마가 없는 곳에서 조사원에게 아버지가 들려준 이야기 중에는 내가 처음 듣는 일도 있었다. 엄마의 팬티 기저귀 이야기다.

엄마는 반년쯤 전부터 이따금씩 옷에 실례를 해서 내가 팬티 기저귀를 사 와 입혔다. 내가 있을 때는 엄마가 늘 팬티 기저귀를 착실히 착용했기에 그 점은 안심했었는데, 아버지와 둘만 있을 때에는 입기 싫어서 안 입는 모양이었다. 아버지 말에 의하면 아버지가 입으라고 해도 자존심 센 엄마는,

"내가 옷에 오줌을 싸는 것도 아니고. 그런 건 안 입어요."

고집을 피우며 일반 속옷을 입는다는 것이다. 그래 놓고는 제때 화장실을 못 가 결국 복도를 더럽히는 일이 생겨 복도에서 물웅덩이를 발견할 때마다 아버지가 닦는다고 한다.

"집사람은 시침을 떼니 별수 있나, 내가 닦아야지. 집사람 속옷도 갈아입히고 빨아야지, 보통 일이 아니오."

그랬구나, 아버지…. 아버지가 조사원에게 별일 아니라는 듯이 웃으면서 이야기를 해서 나는 더욱 놀랐다. 그 자리에서는 포커페이스를 유지한 나였으나 조사원이 돌아간 후 곧바로 아버지에게 물었다.

"내가 집에 올 때는 엄마가 늘 팬티 기저귀를 입고 있잖아요. 어떻게 된 일이에요?"

"그야, 네 엄마도 네게는 부끄러운 모습을 보이고 싶지 않은 게지. 내가 '나오코가 내려오는데 애 귀찮게 하지 말고 팬티 기저귀 입으시게나' 하면 그때만 말을 듣는 게다."

그 순간 여러 감정이 덮쳐와 가슴이 먹먹했다. 사실은 팬티 기저귀 따위 입고 싶지 않다는 엄마의 자존심. 하지만 옷에 실례를 해서 딸을 괴롭히는 건 더더욱 싫은 부모의 마음. 그러나 아버지 앞에서라면 조금 실례를 하고 응석을 부려도 괜찮다는 신뢰감. 그리고 그에 응해 바닥을 닦고 엄마의 속옷을 빨아주는 아버지의 애정. 어떤 상황이건 모두 받아들이는 아버지와 엄마의 유대. 딸인 나는 도저히 상대가 안 되는 강하고 깊은 유대다. 두 사람의 유대는 앞으로 엄마의 치매가 진행될수록 눈에 보이는 형태로 더욱 단단해질 것이다.

엄마가 '요개호1' 등급을 받아 그에 맞춰 간병 서비스 일정표가 만들어졌다.

우선은 엄마와 우리 집을 담당해줄 케어매니저를 정해야 했다. 케어매니저는 그 집에 어떤 간병 서비스가 필요한지를 가늠해 구체적으로 사람과 시설을 선택해주는 코디네이터 같은 존재다. 케어매니저의 인맥이 간병 서비스의 질을 좌우한다고 해도 과언이 아니다.

지역포괄지원센터의 다카하시 씨는 젊고 귀여운 고야마 씨라는 케어매니저를 소개해주었다. (나중에 첫째가 여중생인 세 아이의 엄마임을 알고 깜짝 놀랐다.)

"고야마 씨라면 부모님과 잘 맞지 않을까 싶어요. 친딸처럼 이야기 나눌 수 있는 사람이니 부모님께서 상담하기도 쉬울 테고요."

고야마 씨가 다카하시 씨와 함께 와서 인사를 했다.

"아버님, 어머님, 잘 부탁드려요."

그러자 아버지도 엄마도 미소를 지으며 기쁜 표정이다. 애쓰는 딸을 바라보는 부모의 눈빛이었다. 잘 맞겠다. 다카하시 씨의 판단은 정확해 보인다.

"우선은 일주일에 한 번 데이케어센터 이용과 요양보호사 방문부터 시작해볼까요?"

고야마 씨는 그렇게 제안했고, 요양보호사는 무려 자신의 부모님을 돌보고 있는 베테랑 요양보호사를 추천해주었다. 그 어떤 추천보다 신뢰가 갔다. 누구나 자신의 부모에게는 좋은 요양보호사를 곁에 두고 싶어 하기 마련. 그것은 간병직에 있는 사람도 예외는 아니다. 케어매니저라는 전문가가 자신의 부모를 위해 선택한 요양보호사가 우리 집에 온다니! 한층 기대가 높아진다.

데이케어센터도 내가 견학을 가보고 마음에 들었던 '자유관(自悠館)'으로 정했다. 낡은 민가를 개조한 아늑한 시설이었다. 적은 인원에 화기애애한 분위기였다는 것, 이용자들의 표정이 밝고 좋았던 것, 직접 요리한 점심 식사와 간식이 맛있어 보였던 것, 그리고 무엇보다 센터 구조가 우리 집과 비슷해서 엄마가 편안해하지 않을까 싶은 게 이유였다.

이것으로 사전 준비는 완벽하다. 나머지는 엄마와의 만남이다. 과연 잘될까….

2016년 6월 말. 앞으로 시작될 엄마의 간병 서비스 관계자 전원이 본가에 모여 케어 일정을 짜는 회의가 열렸다. 지역포괄지원센터의 다카하시 씨, 케어매니저 고야마 씨, 요양보호사 미치모토 씨, 데이케어센터 책임자 미야케 씨, 그리고 아버지, 엄마, 나. 모두 해서 일곱이다. 집에 이렇게 많은 사람이 모인 게 몇 년 만이던가. 아버지 빼고는 모두 여성이라 와자지껄하고 활기찬 분위기에 아버지는 살짝 압도되어 움츠러들었다.

정확하게 말하자면 귀가 먼 아버지보다 원래 사교적인 성격인 엄마가 주도권을 쥐고서는, 누가 요개호인지 모를 정도로 그 자리를 주도했다. 엄마에게 큰 소리로 말을 거는 사람을 향해서는,

"나는 귀 안 먹었어요. 안 들리는 사람은 저쪽."

하면서 익살맞게 아버지를 가리켜 모두의 웃음을 자아냈을 정도다.

이렇게 한 시간이 흐르는 동안 '매주 토요일 데이케어센터 방문' '매주 수요일 요양보호사 방문 및 집안일 지원', 이 두 가지가 어이없을 만큼 순조롭게 결정되었다. 엄마 본인이 단번에 승낙을 했기 때문이다.

엄마는 마지막까지 사교성을 발휘해,

"언제든 또 놀러 와요."

현관에서 손을 흔들며 네 사람을 배웅했는데….

모두 돌아간 뒤가 문제였다.

"아휴, 겨우 출발선에 섰네요. 본격적인 간병 생활은 이제 시작이에요."

"내일 아침부터다. 나도 일찍 일어나 수염을 깎아야겠다."

"그러세요. 내일은 요양보호사가 오니까."

아버지와 이런저런 이야기를 나누고 있는데 엄마가 대화에 끼어들며 아는 체를 한다.

"내일 무슨 일 있니? 서류가 됐니?"

'뭔 소리야, 무슨 서류?' 나는 한마디 해주고 싶은 것을 참고서 대답했다.

"내일부터 요양보호사가 올 거야. 욕실 청소 같은 거 해준대."

그러자 엄마는 갑자기 언짢아했다.

"됐다, 그런 거 안 해줘도!"

그리고 데이케어센터 이야기에도 노발대발하며 서슬이 시퍼레진다.

"그런 식으로 나를 이 집에서 내쫓으려고? 내가 이 집에 있는 게 그리도 방해가 되는 모양이구나!"

"또또, 가보면 잘 맞는 사람을 만날지도 모르고 생각보다 즐거울 게야."

아버지가 달래보아도,

"안 가고 싶다고요! 내가 없는 게 좋으면 그렇다고 분명하게 말하면 되잖아요!"

불에 기름을 부은 꼴이 되고 말았다.

엄마 마음도 모르는 바는 아니다. 자신이 가족의 짐이라는 생각에 끙끙 앓아왔으니 외출 제안에 '나를 내쫓고 싶은가' 하는 의심이 들어 상당히 불안했을 거다. 그렇게 생각하면 가여운 마음이 들지만…. 그래도 여기까지 준비해온 만큼 이제 와서 제발 그러지 말았으면, 조금 전의 그 사교적인 말들은 다 뭐였나 싶다.

"그럼 아까 거절하지 그랬어. 찾아온 사람 앞에서 엄마가 싱글벙글 웃으면서 가겠다고 해서 정한 거잖아. 계약서도 썼고. 그래 놓고 이제 와서 '사실은 안 가고 싶다'고 하면 어떡해? 번복 안 된다고."

나도 모르게 감정적으로 흥분해 대꾸하고 말았다. 그런데 엄마는,

"찾아왔다고? 누가?"

하아, 거기서부터야? 엄마는 이미 손님이 왔다는 것조차 기억을 못 하고 있다. 10분도 채 안 지났는데. 이내 아이처럼 무릎을 끌어당기고 앉아 훌쩍이며 우는가 싶더니 결국 토라져서는 아무렇게나 드러누워 억지를 부린다.

"그렇게 내가 방해가 된다면 죽어버려야지."

아버지는 들리지 않으니 평온한 얼굴로 자신의 바지 고무줄을 갈아 끼우고 있다. 아, 정말이지 싫다!

간병 서비스가 순조롭게 시작되었다고 생각하던 내가 어리석었지. 내일부터가 걱정이다….

다음 날 아침. 요양보호사 미치모토 씨가 처음 방문하는 날이다. 엄마는 아침 일찍부터 집 청소로 정신없었다. 걸레를 꺼내 신경 쓰이는 곳을 닦고 현관을 빗자루로 쓸기 시작했다. 그

게 너무 뻔한 벼락치기여서 쓴웃음밖에 안 났지만 엄마는 그저 늘 입에 달고 살던 "손님이 오는데 집을 치워야지"를 실천하고 있는 것이다.

'참 나, 엄마가 그런 걸 예전처럼 못하게 돼서 요양보호사가 오는 거라고요.' 이건 뭐 이제는 익숙한 마음의 소리다. 엄마 앞에서는 역시나 입도 뻥긋 못 했지만. 이상했던 것은 미치모토 씨가 오자 엄마는 주부처럼 겸손을 떠는데,

"어서 와요. 아유, 집이 엉망이지요?"

(실제로는 아버지와 내가 꼼꼼히 청소했다.)

"어머 그러세요? 그럼 도와드릴까요?"

과연 미치모토 씨의 요양보호사다운 반응. 그야 당연하다, 요양보호사의 방문 목적이 그거니까. 이 반격에 엄마가 일순 굳어지며 '한방 먹었다'는 얼굴을 해서 나는 그만 웃음이 터졌다.

"어머님, 오늘부터 잘 부탁드립니다. 먼저 뭘 할까요? 오늘은 날씨가 좋으니까 빨래를 할까요?"

세탁기로 향하는 미치모토 씨 앞을 엄마가 가로막았다.

"당신, 어디서 왔어요? 보건소?"

완전 취조다. 그러나 미치모토 씨는 베테랑.

"보건소가 아니고요. 연세가 있어서 집안일이 힘들어진 어르신 댁을 방문해 도와드리고 있어요. 어머님도 무릎이 아프다고

따님께서 말씀하셔서 조금이라도 도움을 드리고 싶어서요."

그렇게 말하는 도중에도 손을 움직여 세탁기에서 세탁물을 꺼내는 미치모토 씨. 서로 대립하고 있어봤자 제한 시간 두 시간은 순식간에 지나가버리므로.

"됐어요, 내가 해요. 내 방식이 있어요."

자신이 주도하려고 하는 엄마. 우와, 뜨거운 공방전이네…. 엄마가 집안일에 관해서는 영역 의식이 강한 사람이다 보니 빨래 하나에도 주도권을 누가 쥐느냐로 불꽃이 파바박 튀지 않을까 나는 조마조마했다. 그러나 막상 뚜껑을 열자 기우에 불과했다.

"어머님의 세탁법을 알려주세요. 저도 집에서 할 때 참고하고 싶어요."

아마 미치모토 씨는 전날 케어 일정 회의에서 엄마의 자존심 센 성격을 파악했을 것이다. 갑자기 저자세로 나오며 엄마에게 '복종'의 태도를 보인 다음 능숙하게 엄마를 치켜세워 의욕을 끄집어내줬다. 과연 베테랑답다!

앞에서도 말했지만 엄마의 세탁법은 순서가 굉장히 까다로워 나는 여전히 버벅대며 물을 아껴 쓰라는 잔소리를 듣는데, 미치모토 씨는 엄마의 방식을 경청하면서 조수로 철저하게 도우며 그날 바로 '엄마식 세탁법'을 마스터했다.

엄마도 자신이 고안해낸 세탁법을 전수하게 되어 기뻤을 테다. (딸은 아무리 가르쳐줘도 기억을 못 하니.) 평소에는 금방 싫증 내며 "힘들다"를 연발하다 도중에 그만두는데 이날은 의욕이 넘쳐 간만에 끝까지 해냈다.

이 '해냈다'는 단순한 의미가 아닐지 모른다. 자신의 세탁법을 인정해주고 한 수 배우겠다는 요청에 대한 기쁨이 반은 있었겠지만, 나머지 반은 갑자기 등장한 일 잘하는 조수에게 자신의 건재함을 과시하는 동시에 일을 빼앗기고 싶지 않은 초조함에서 비롯된 인내였다고 생각한다.

"역시, 어머님의 방식대로 하니 상당히 절수가 되네요. 도움이 되었어요."

미치모토 씨가 치켜세우면 확실히 기쁜 표정이었던 데다 미치모토 씨가 마침 엄마의 초등학교 후배여서 뭘 할 때마다 "선배님, 이건 어떻게 할까요?" 하면서 대우를 해주니 엄마도 의기양양한 태도로 지시를 내렸다.

그러나 아무리 "선배님, 선배님" 하고 대우를 해줘도 이 조수의 방식이 자신의 것보다 몇 배나 더 효율적이라는 사실은 엄마도 알았을 테다. 시간이 지날수록 '집안일은 이 조수에게 맡기는 게 좋을 것 같네, 내가 언제까지고 뻔뻔스레 나서서 모두를 곤란하게 만들 수는 없지. 그렇게 하는 편이 가족에게도 좋을 거야'라는 생각에 단념하게 되지 않았을까. 엄마의 지시에 따라 욕실 타일을 윤이 나도록 닦아가는 미치모토 씨. 엄마는 그 솜씨에 넋을 잃고 순순히 인정하며 감탄의 소리를 냈다.

"역시 젊은 사람이 해주니 깨끗해지네. 나는 아무리 해도 그렇게 깨끗하게 안 돼요."

조금 쓸쓸해 보이는 그 옆모습을 보면서 가여웠지만 엄마를 위해서는 이 '납득의 과정'이 필요하다고 스스로를 타일렀다. 인간은 누구나 늙어가기 마련이며 아무것도 할 수 없게 되는 날이 오는 건 당연하다. 내가 없는 동안 집안일을 아버지에게만 떠맡기는 건 무리이니 이렇게 엄마를 납득시켜 요양보호사라는 타인, 간병 전문가에게 집안일을 맡기는 수밖에 없다.

미치모토 씨는 정해진 두 시간 동안에 입이 떡 벌어질 만큼 훌륭한 노하우로 집안일을 척척 해치우면서도 엄마에게는 끝까지 조수의 입장을 고수하며 말했다.

"다음 주에 또 오겠습니다. 다음 번에는 어머님의 요리를 배우고 싶어요."

그 말에 엄마도 자연스레 답했다.

"그래요. 또 와요. 뭐든 알려줄 테니."

나는 자존심 센 엄마를 끝까지, 비록 형식에 불과해도 감독자로 대해준 미치모토 씨에게 진심으로 고마웠다.

미치모토 씨가 돌아가고 난 뒤 엄마가 '집안일을 타인에게 내주는' 것에 거북함을 느끼고 있을까 걱정이 되어 지켜봤으나 10분이 지나자 엄마는 요양보호사의 방문 자체를 시원하게 잊었다.

"미치모토 씨? 그런 사람이 왔었니? 오늘 아무도 안 왔는데?"

나도 마음이 개운했다.

나처럼 우물쭈물 고민하지 않는 엄마라서 오히려 다행일지 모르겠다. 치매에 걸리면 상처 받은 일이 있어도 그 사실 자체를 잊어버려서 그대로 상황 종료다. 그건 상당히 행복한 일일지도 모르겠다고 생각한 게 이때다.

그 주 토요일부터 데이케어센터 방문도 시작되었다. 엄마는 아니나 다를까 방문 전날까지 "내가 짐이구나"를 반복하며 떼를 쓰는 바람에 아버지와 나는 조용히 대화를 나눴는데,

"내일 아침에도 저리 안 가겠다고 하면 미안하다만 취소해야겠다."

"그래요. 근데 제 생각엔 엄마가 남 앞에서는 상냥하니 차가 오면 불평하면서도 타고 가지 않을까 싶어요."

그리고 무려 당일 엄마는 아침 일찍 일어나,

"오늘 외출하는 날이지? 무슨 옷을 입고 가야 좋을까?"

하며 옷장 서랍 속의 옷을 이것저것 꺼내어 몸에 대보고 있는 게 아닌가.

"왜 그래 엄마, 무슨 바람이 분 거야?"

반쯤 어이가 없어 물었더니,

"뭐가?"

하며 어제까지의 대소동은 완전히 잊어버린 듯(아마 정말로 잊었을 테지만) 아무것도 모른다는 순진한 얼굴을 하고 있다. 나는 모처럼 들뜬 엄마의 기분을 망치지 않으려 말을 그치고 오랜만에 파운데이션을 바르고 눈썹을 그리며 공들여 화장하는 엄마를 바라보면서 외출 준비를 도왔다.

"립스틱은 저 색이 잘 어울리겠다."

엄마가 화장하는 모습은 어릴 때부터 익숙하게 봐왔음에도, 지금은 그 모습만으로도 엄마가 대단하게 느껴져 감동스럽고 행복한 기분이 들어버리니 참 희한한 일이다.

그 당시에는 '엄마의 기분이 기적적으로 좋아져 갈 마음이 생겨서 다행이다' 정도로만 생각했는데, 지금 돌아보면 사실 엄마는 아버지와 내게 짐이 안 되려고 스스로 '가는 게 좋다'고 판단한 게 아닐까? 어쩌면 아버지와 나를 위한 엄마의 배려가 아니었을까? 하는 그런 마음도 든다. 치매라고 해서 그런 판단력을 모두 잃는 것은 아니라고 생각하니까. 그러지 않고서야 그 갑작스런 변화는 설명이 안 된다.

데이케어센터 직원에게 사전에 "따님은 따라오지 마시고 어머님 혼자 보내주세요. 따님에게 보채거나 의지하는 습관이 들면 안 되니까요"라는 말을 들었다. 완전히 유치원생 보호자 주의 사항과 똑같구나 싶어 마음이 이상했는데, 정말로 나는 어느새 엄마의 '보호자'가 되었다. 나도 언제부턴가 엄마를 '손이 많이 가는 아이'로 보고 있었고. 생각해보니 엄마와 딸이 역전되었네…. 이건 감회가 남달랐다.

엄마는 제일 좋아하는 여름용 스웨터를 입고 데이케어센터 픽업 차량에 올라 손을 흔들며 기분 좋게 외출했는데, 첫날이라 역시 걱정이 된 나는 방송을 위한 촬영을 핑계로 미리 불러놨던 택시를 타고 몰래 뒤를 따랐다.

"앞차 따라가주세요."

택시 운전기사에게 말하면서도 꼭 무슨 형사물처럼 느껴져 헛웃음이 났다.

데이케어센터 '자유관' 안에 들어서니 때마침 엄마가 직원의 재촉으로 많은 사람들 앞에서 자기소개를 하고 있었다.

"저는 노부토모 후미코라고 합니다."

저는? 합니다? 엄마, 왜 갑자기 점잔 빼는 거야?

입으로 손을 가리고서 오호호호 조신하게 웃고 있는 엄마 모습에 괜스레 이죽대고 싶어졌다. 할 수 있다면 엄마의 머리를 콩 쥐어박고 싶을 만큼. 이것이 치매 이후에 생긴 엄마의 나쁜 버릇인데, 스스로에게 자신이 없어진 탓에 처음 만나는 사람들에게 무시당하고 싶지 않다는 의식이 작용하는 건지 필요 이상으로 품위 있는 척하며 기선을 잡으려는 마음이 가득하다. 엄마가 사람들의 반감을 사지 않을까 싶어 처음부터 조마조마했다.

그러나 감사하게도 센터 이용자들은 온화한 사람들이 많아 그런 모습의 엄마도 자연스레 무리에 넣어주었다. 특히 엄마와 같은 여학교 출신에 나이도 비슷한 분이 있었는데 서로 면식은 없어도 공통의 지인이 많아 소녀 시절의 이야기에 금세 빠졌다.

"조례 때 교장 선생님 말이 길어 욕봤지요."

"맞아요, 대머리 교장이었잖아요."

역시나 옛날 일은 잘 기억한다!

덧붙여 이분 역시 치매로 매주 만나게 되었는데 이날 이후 다시 만났을 땐 서로를 기억하지 못하고 안녕하세요, 인사를 나누더니,

"저는 시립 여고 나왔어요."

"어머, 저도 같은 학교예요."

"어머나, 그럼 조례 때 일장 연설하던 교장 선생님 기억해요?"

"네, 그 대머리…."

처음부터 똑같은 이야기가 시작되며 다시 흥분하는데….

치매에 걸려도 성격이 잘 맞는 친구는 생기는구나. 나는 두 사람의 흐뭇한 대화를 기둥 뒤에서 몰래 쳐다보며 안도감과 함께 울컥했다.

데이케어센터는 노래 부르기, 체조, 색칠 놀이, 어릴 적 추억의 놀이(고리 던지기나 오자미 놀이, 카드 줍기) 등 이용자들이 싫증 내지 않도록 다양한 프로그램을 마련해두었다.

그리고 엄마는 걱정이 무색할 만큼 첫날부터 누구보다 프로그램을 즐겼다. 큰 소리로 동요를 기운 넘치게 부르고 고리 던지기는 성공할 때까지 몇 번이나 하려고 했으며, 블록 쌓기는 다른 사람이 기다리다 못해 지쳐버릴 만큼 시간을 들여 누구보다도 높이 쌓아 올렸다가 블록이 무너지면 테이블을 탕탕 치며 원통해한다. 세상에, 승부욕이 어마어마하다.

마치 자기밖에 모르는 아이 같다. 나는 점점 걱정이 되었다. 자신이야 즐겁겠지만 직원이나 다른 이용자는 난처해하지 않을까? 이대로 가다가는 엄마가 모두에게 미움을 사지 않을까?

걱정이 되어 직원에게 물으니,

"걱정 마세요. '분위기 파악을 못 하게 되는 것'은 치매 증상 중 하나예요. 저희는 그 사실을 잘 알기 때문에 신경 쓰지 않아요. 어머님이 원래 분위기 파악을 못 하는 사람이라고는 아무도 생각하지 않으니까요. 그보다 저희는 어머님이 저렇게 즐거워하며 웃으셔서 기쁩답니다."

이렇게 말해주신다. 감사합니다!

그러고 보니 엄마가 저처럼 큰 소리를 내며 떠들거나 박장대소하는 모습을 본 게 실로 오랜만이다. 언제였는지 생각이 안 날 만큼. 나는 여기서 데이케어센터에 오길 잘했다고 진심으로 생각했다.

엄마는 한나절 동안의 방문을 끝내고 집으로 돌아와서도 밤까지 내내 기분이 좋았다. 이유는 모르겠으나 본인은 '절에 설법을 들으러 갔다 왔다(우리 집은 대대로 불교 종파의 하나인 정토진종의 신도라서 과거 엄마는 절에 설법을 들으러 다녔다)'고 생각하고 있어 스님이 좋은 말씀을 해주셨다면서 만족스러워했지만.

"즐거워서 또 가고 싶다. 가도 되니?"라고 물었을 때에는 나도 모르게 승리의 포즈를 취했다. 아버지도 엄마를 데이케어센터에 보낸 동안 걱정 없이 신문을 읽으며 스크랩 작업에 몰두한 듯해 역시 가족에게는 숨 돌릴 시간도 필요함을 깨달았다.

간병 서비스는 아무런 문제없이 궤도에 올라 엄마는 요양보호사와 데이케어센터 모두 순조롭게 받아들여주었다. 특히 데이케어센터 방문을 기대했다.

"또 스님 말씀 들으러 가는 거지?"

"좋은 말씀은 메모를 해야지."

그러면서 가방에 직접 노트와 필기구를 챙겨 넣었다. 실제로 필요한 건 목욕 후 갈아입을 옷과 팬티 기저귀, 칫솔 세트인데 그건 내가 없을 땐 요양보호사 미치모토 씨가 준비해주었다.

엄마가 매주 데이케어센터에서 목욕을 할 수 있게 된 것도 내게는 정말로 감사한 일이었다. 그전까지는 아버지가 기분이 내킬 때에만 목욕을 시켜줬기 때문에, 부끄러운 이야기지만 추운 겨울에는 부부가 한 달 가까이나 목욕을 안 하는 일도 있었던 모양이다. 그러면 계속해서 같은 옷을 입고… 이제는 엄마에게 '일주일에 한 번 목욕하고 옷을 갈아입는' 생활 습관이 생겨 정말로 마음이 놓였다.

생각해보니 엄마가 치매 진단을 받은 지 2년 3개월. 그동안 간병 서비스를 받을지 말지, 계속 아버지와 씨름하며 스스로도 고민해왔는데 뚜껑을 열어보니 실제로는 쓸데없는 고민이었던 것이다. 동시에 나는 '일이 이렇게 순조롭게 진척될 줄 알았다면 2년 이상을 고민하는 데 허비하지 않고 아버지 몰래 바로 지역포괄지원센터에 상담하러 갈걸' 하고 살짝 후회했다. 정말이지 누구라도 붙잡고 '내가 고민한 2년의 시간을 돌려줘!'라고 말하고 싶을 정도였다.

아버지도 엄마도 '케어매니저'나 '요양보호사' '데이케어센터' 같은 낯선 명칭만 들었을 땐 '그게 뭐냐? 그런 건 필요 없다!'는 식으로 저항했으나 막상 시작해보니 이 역시도 사람과 사람이 마주하는 일, 결국엔 인간관계다.

"고야마 씨는 좋은 사람이고 귀여워서 마음에 든다. 그 사람이라면 언제든 대환영이다."

"미치모토 씨의 요리는 정말로 맛이 좋다. 네 엄마한테는 비밀이다만 네 엄마 요리보다 낫다."

아무래도 그 사람에 대해 알게 되고 일단 사이가 좋아지면 벽은 비교적 쉽게 허물어지는 듯하다. 특히 아버지는 지금껏 혼자 끙끙대며 분발해오던 일들을 앞으로는 이 두 사람에게 의논할 수 있다는 걸 알게 되었기 때문인지 확실히 전보다 표정이 부드러워졌고 특히 매주 오는 미치모토 씨에게는 점차 내가 질투할 만큼 전폭적인 신뢰를 보냈다.

이제는 내가 미치모토 씨가 오는 수요일에 전화를 하면, "오늘은 미치모토 씨가 소고기감자조림을 만들어줬다. 맛이 좋더구나! 다음 주에는 무엇을 해달라고 하나. 내가 먹고 싶은 건 뭐든 만들어주겠단다"라며 아이처럼 기뻐하는 모습이 전화 너머로도 그려졌다. 그 밖에도 "창문 차양막이 안 올라가서 미치모토 씨가 고쳐줬다" "주방 전구가 깜빡인다. 수명이 다 된 모양이다. 다음에 미치모토 씨에게 갈아달라 해야겠다"며 곤란한 일이 생기면 어김없이 미치모토 씨를 의지하게 되었다. 지금껏 그런 일은 내가 내려올 때마다 한꺼번에 처리했었는데…. 뭐 괜찮다.

나는 그럴 때마다 아버지에게, "미치모토 씨는 엄마의 요양 보호사예요. 아버지가 부탁해도 되는 일과 안 되는 일이 있다고요. 그런 건 잘 생각하셔야 해요. 아버지는 '비해당자'니까. 아버지도 간병 관련 책을 읽고 공부했잖아요?" 하고 주의를 주는데 나 스스로도 뭐랄까, 질투에 사로잡혀 심술부리고 있는 것처럼 들려 조금 부끄러웠다.

집에만 틀어박혀 있던 아버지와 엄마가, 95세와 87세라는 초고령임에도, 게다가 한쪽은 치매임에도 불구하고 다시 한번 사회와 연결되어 미소를 되찾게 되었다. 이 사실은 아버지에게도 엄마에게도 확실한 자신감과 큰 기쁨이 되었다.

간병 서비스가 시작된 이후로 나 역시 마음이 편해졌다. 고야마 씨도 그렇고 미치모토 씨와도 LINE 친구가 되었는데, 도쿄에 떨어져 지내는 내게 부모의 생활을 부지런히 알려주었기 때문이다. 아버지나 엄마에게 난처한 일이 일어나면 곧바로 LINE으로 내게 알려주고 간병 전문가로서 해결책을 함께 고민해준다.

도쿄에 있어도 간병 전문가들이 아버지와 엄마를 정기적으로 지켜주고 있다는 안도감. 그것이 있고 없고에 따라 정신적으로 이토록 큰 차이가 난다는 사실을 나는 몸소 체험했다. 그리고 마음에 여유가 생기니 비로소 '가족 셋이서 틀어박혀 있을 때에는 나도 상당히 우울했었구나' 하고 깨달았다. 조금씩 기분이 우울해지고 스트레스가 쌓여가기 때문에 그 한가운데에 있을 때에는 의외로 깨닫지 못한다.

2016년 여름의 히로시마에는 기록적인 무더위가 찾아와 아버지와 엄마가 열사병에 안 걸리도록 고야마 씨, 미치모토 씨와 도쿄에 있는 나, 셋이서 함께 머리를 맞댔다.

고야마 씨는 사무소가 본가 바로 옆이기도 해서 전기세가 아깝다고 에어컨을 끄고 있지는 않는지(내 부모의 경우 그러고도 남을 일이다) 종종 확인하러 가주었다.

미치모토 씨가 수분 보충을 위해 주전자로 보리차를 끓여놔도 주방이 지저분한 꼴을 못 보는 성격의 엄마가 이내 버려버리는 바람에, 보리차용 주전자를 따로 구입해 측면에 매직으로 '보리차'라고 큼지막하게 써주었다.

"아무튼 목이 마르지 않아도 중간중간 이 보리차를 꼭 마시세요. 열사병에 안 걸리도록 조심하셔야 해요. 나오코 씨도 걱정하니까요."

미치모토 씨의 거듭된 당부에 아버지도 엄마도 순순히 따랐는지 두 사람 모두 무더위를 무사히 넘어갈 수 있었다.

미치모토 씨는 자주 아버지와 엄마의 사진을 찍어 "오늘 아버님과 어머님은 이런 모습이셨어요" 하면서 보내주었는데, 한번은 "오늘은 어머님이 끝까지 최선을 다해 무즙을 완성해주셨어요"라는 멘트와 함께 무즙을 열심히 갈고 있는 모습과 완성품을 손에 들고서 환하게 웃고 있는 사진을 보내준 적이 있다. 사진 속 엄마의 환한 미소는 말할 것도 없거니와 앞치마를 두른 엄마의 모습에 감동했다.

내 기억 속의 엄마는 주방에 설 때면 항상 앞치마를 두르고 있었다. 그러나 치매에 걸린 이후로 그 모습을 볼 수 없어 얼마나 슬펐는지 모른다. 그런 엄마가 미치모토 씨의 능숙한 지도로 '채소 썰기' '무즙 갈기' 등의 역할을 부여받아 다시 의욕을 되찾았다. 앞치마는 그 상징으로 보였다.

나는 그 사진을 한동안 휴대전화 바탕 화면으로 해두었다.

후지TV의 〈Mr. 선데이〉가 처음 방송된 건 간병 서비스 의
뢰 후 두 달 정도가 지난, 2016년 9월 11일이었다. 그때 스튜
디오에 함께 나온 치매 전문의 이마이 유키미치 선생님에게
들은 조언을 나는 지금도 잊지 못한다. 그 조언은 이후 엄마를
대하는 데 지침이 되기도 한 명언이었다.

"간병은 전문가와 공유하세요."

굳이 내가 아니어도 할 수 있는 일은 간병 전문가가 훨씬 잘
하니 전문가에게 맡기고 가족은 오직 가족만이 할 수 있는 일,
당사자에게 애정을 가득 쏟는 것을 자신의 본분으로 삼으라는
말이다.

우리 집은 아직 그 단계까지는 안 갔지만, 거동이 어려운 분
들을 씻기는 일을 예로 들 수 있다. 이 경우에는 연수를 받은
전문가가 요령을 파악하고 있기에 가족보다 훨씬 능숙하다.
당사자도 능숙한 사람의 도움을 받아 씻으면 안심이 되어 기
분이 좋다. 그러나 가족은 의욕과 달리 요령이 없어 무거운 몸
을 껴안은 상태로 낑낑대며 목욕을 시키려고 하니 씻겨주는
사람도 겁을 먹고, 당사자도 몸이 경직돼 더욱 힘들어진다. 당
사자도 가족도 지치기만 할 뿐 서로에게 좋을 게 하나도 없다.

이런 건 전문가에게 맡겨야 한다.

그러나 반대로 '그 사람을 사랑해주는 것'에 있어서는 그 어떤 능숙한 요양보호사라 해도 가족에게는 절대로 상대가 안 된다. 당사자 또한 요양보호사가 아무리 잘해준다 한들 가족의 따뜻한 애정을 받는 쪽이 단연 기쁘다.

방송 당시 나는 간병 서비스를 막 시작한 터라 피로나 스트레스로 인해 야위고 형편없는 안색을 하고 있었던 모양이다. 이마이 유키미치 선생님은 그런 나를 보며 말했다.

"나오코 씨는 간병 서비스를 이제 막 시작했기 때문에 아직 요양보호사들이 조심스럽겠지만 간병이 앞으로 몇 년이나 지속될지 알 수 없어요. 그러니 타인이 할 수 있는 건 전문가에게 맡길 각오를 단단히 해야 돼요. 자신이 지쳐서 어머님을 원망하게 되면 그야말로 본말전도겠지요."

아, 정말이다. 모래땅에 물이 스며들듯 그 말은 내 가슴으로 스며들었다. 엄마를 요양보호사에게 맡긴 것에 대해 가슴속 어딘가에서 죄책감 같은 것을 느끼고 있었음을 그때 깨달았다. 딸이 버젓이 있는데 다른 사람이 요리나 빨래를 해주는 게 정말로 괜찮을까? 역시 딸이 해야 할 일이 아닐까? 나는 그런 생각을 내내 하고 있었던 것이다.

그러나 이마이 유키미치 선생님의 조언으로 개운해졌다.

만일 "이것도 할게요" "그것도 할게요" 하며 엄마의 간병을 전부 내가 떠맡았다면 나는 분명 정신적으로도 육체적으로도 녹초가 되어 궁지에 내몰렸을 것이다. 그러다 모든 것을 엄마 탓으로 돌리며 결국 엄마를 증오하게 돼버렸을지도 모른다. 그건 엄마에게도 내게도 가장 불행한 일이다. 그걸 깨달을 수 있어서 나는 정말로 운이 좋았다고 생각한다.

앞으로는 고야마 씨나 미치모토 씨와 간병을 공유하면서 생긴 마음의 여유를 엄마를 사랑하는 데 더욱 쏟아야지. 엄마가 "아휴 알았다니깐, 그만해" 하고 질색할 정도로 꼬옥 안아줘야지. 나는 결심했다.

어릴 때는 엄마에게 "아휴 알았다니깐, 그만해라, 그만 들러붙어"라는 소리를 들을 만큼 엄마에게 매달려서는 "엄마가 세상에서 제일 좋아!"를 외치며 응석을 부렸던 나였다.

최근에 엄마를 안아준 적이 있었나. 엄마가 치매에 걸려 더 이상 예전의 엄마가 아니라고 느끼게 된 이후로 나는 엄마를 전력으로 사랑하기를 주저했던 걸지도 모른다….

문득 그런 생각이 들었다.

15

엄마의 치매는 신이 베푼
친절일지도 모른다

:

어릴 때부터 나는 엄마가 좋았다. 성격도 잘 맞았고 웃음 포인
트가 같아서 함께 있으면 늘 농담을 주고받으며 웃어댔다. 우
리 집은 엄마와 내가 나누는 소란한 수다로 분위기가 달아오
르면 옆에서 신문을 읽고 있던 과묵한 아버지가 둘의 정신없
는 수다를 부럽게 듣고 있는 그런 가족이었다.

딸의 눈으로 봐도 엄마는 '완벽한 주부'이자 '자랑스러운 어머니'였다. 요리 잘하고 깔끔하며 손재주가 좋아 뭐든 뚝딱 만들어냈고 사교적이라 친구도 많고 다감하며 유머러스한 사람, 내게 항상 아낌없는 애정을 쏟아주던 엄마…. 엄마와의 추억을 더듬으면 도무지 '마음에 안 들었던' 부분은 하나도 떠오르지 않을 정도다. 전업주부였던 엄마는 지금 돌이켜봐도 아버지와 나를 완벽하게 서포트해주었다.

나는 고등학생 때 아침 6시대의 국유철도(그 무렵에는 아직 JR이 아니었다) 구레선(吳線)을 타고 히로시마시에 위치한 고등학교까지 통학했는데, 엄마는 매일 새벽 4시 반에 일어나 도시락을 싸주었다. 지금처럼 냉동식품도 없던 시대였고 전날 남은 음식으로 대충 때우는 법이 없던 사람이라 모든 반찬을 이른 아침에 만들었다. 그리고 5시 반이 되면 나를 깨운 다음, 항상 꾸물대다가 아슬아슬한 시간이 되어서야 버스정류장까지 달리는 내게 행동이 굼뜨다고 잔소리하면서도 꼭 옆에서 함께 달려주었다.

하루는 엄마가 샌들 차림으로 버스정류장까지 전력 질주하는 모습이 의아해 물은 적이 있다.

"엄마가 학교까지 갈 것도 아니면서 현관에서 배웅해주면 되지 왜 맨날 같이 달려?"

그러자 돌아온 엄마의 대답.

"너도 혼자 달리는 것보다야 이 엄마와 함께 달리는 게 재밌지 않니?"

그렇다, 이 '인생 만사 즐기는 자가 승리자'라는 사고방식을 지닌 사람이 바로 엄마다. 그래서 함께 있으면 뭐든 즐거워져서 웃게 된다.

엄마는 이어서 말했다.

"그리고 네가 버스를 못 탈까 봐 집에서 혼자 애타는 것보다야 '아, 제시간에 탔다, 잘 다녀와!' 하고 상쾌한 기분으로 배웅하고 싶으니까."

지금도 내가 구례에 내려가면 버스정류장 근처에 사는 이웃 아주머니가 반기며 말한다.

"너 고등학생 때 매일 엄마와 함께 헐레벌떡 뛰어와서 간신히 6시 20분 버스에 올라탔잖니. 버스가 안 보일 때까지 네 엄마가 손 흔드는 모습이 어찌나 귀엽던지."

엄마는 이 아주머니를 포함해 이웃들에게도 큰 사랑을 받았다.

인생을 즐기는 태도를 나는 엄마에게 물려받은 모양이다. 이 태도는 어린 시절부터 엄마와 나눈 대화에서 자연스레 익히며 배워왔다. 내가 유방암에 걸렸을 때도 죽음에 대한 공포나 유방을 절제하는 슬픔과는 별개로, 그 상황을 무사히 넘길 수 있었던 건 엄마의 '우물쭈물 고민해봤자 시간 낭비야. 뭐든 즐기지 않으면 손해라니까, 앞으로 나가야 해!'라는 사고방식이 내게도 배어들어 있었기 때문이라고 본다.

나는 어릴 때(스스로는 그렇게 생각하지 않지만 주변의 증언에 의하면) 아무래도 조금 특이했던 아이였나 보다. 나의 엉뚱한 감수성을 엄마는(그리고 아버지도) 아주 소중하게 키워주었다.

말을 갓 배우기 시작한 두세 살 무렵의 나는 '마치 호기심이 옷을 입고 걸어 다니는 것 같은 아이'라는 소리를 들을 만큼 온갖 것에 흥미를 보이며 "이건 뭐야?" "이건 왜 그래?" 하며 어른들에게 질문 공세를 퍼부어댔던 모양이다.

친척이나 이웃 중에는 "또 나오코의 '왜? 왜?' 병이 시작됐네"라며 성가셔하는 사람도 있었지만, 엄마는 싫은 내색 하나 없이 나의 유치한 질문 하나하나를 굉장히 즐거워하며 아이가 잘 알아들을 수 있는 말로 정성스레 대답해주었다. 이런 경험이 쌓여 세상에 대한 흥미는 더욱 커져갔다. 엄마에게 질문할 때마다 세상을 알아가며 설레고 흥분하던 그 시절의 감각은 50여 년이 지난 지금도 여전히 내 몸 안에 남아 있다. 그러고 보니 이런 질문도 했었다.

"나는 왜 나야?"

이 질문은 스스로도 잘 기억하고 있다. 이 육체를 나라고 생각하는 이른바 '자기 인식'이 생겨나는 이유를 어린 나이에도 신기해했다. 그때 나는 아버지에게 안겨 있었는데, 나의 질문에 대답이 막힌 아버지의 모습이 기억에 남아 있는 걸 보면 두 살 무렵의 이야기였던가.

엄마는 지금도 미소 지은 얼굴로 내게 과거 이야기를 한다.

"너 어릴 땐 같이 있으면 네가 무슨 말을 할지 도통 가늠이 안 됐다. 그런데 그게 어찌나 즐거운지 질리지가 않더라."

치매에 걸려도 과거의 일은 선명히 기억하는데 그중에서도 엄마가 좋아하는 에피소드가 있다. 이 또한 두 살 무렵의 일이다. 어느 날 엄마가 저녁을 먹은 뒤 나를 업고 냇가를 산책하던 때의 이야기다.

"달 없는 밤에 말이다. 네가 내 등에 업혀서는 '오늘은 달님이 없어. 어디 갔어?' 묻지 않겠니. 초승달을 설명해야 하는데 두 살짜리 애한테 어떻게 설명해야 좋을지 모르겠더구나. 그런데 네가 깜짝 놀랄 말을 하는 거야. '아, 달님도 어두워서 집에 갔구나' 하고. 이 엄마가 얼마나 감탄했는지 아니? 이 아이는 시인이다, 말하는 게 보통이 아니다 싶었지."

우와, 듣고 보니 그러네. 달이 '어두워서 집에 갔다'는 표현은 어른의 머리에서는 좀처럼 안 떠오르는 문학적(?)인 발상이다.

엄마의 이야기는 "그러니까, 네가 도쿄에서 다큐멘터리를 만들고 글을 쓰면서 표현하는 일을 직업으로 삼은 건 네게 딱이다, 이 엄마는 찬성이야"로 이어지지만…. 생각해보면 천진하기까지 한 딸바보 엄마의 과대평가에 힘입어 나의 프리랜서 영상 감독 생활은 여기까지 왔다.

이야기가 조금 길어진 김에 엄마와의 추억을 조금만 더 나누려 한다. 엄마는 요리도 잘했지만 무엇보다 내가 손꼽는 건 손재주가 정말로 좋아서 뭐든 손으로 뚝딱 만들어줬다는 거다. 그리고 그 품질은 말도 못하게 훌륭했다!

소녀 시절의 나는 엄마가 만들어준 옷만 입었다. 엄마에게 "이런 옷 입고 싶어" 하면서 이미지를 보여주면 바느질로 이미지와 꼭 닮은 옷을 만들어줬기 때문에 기성복을 사 입을 필요가 없었다.

"메리포핀스가 우산을 쓰고 하늘에서 내려올 때 입는 코트와 머플러가 갖고 싶어." "〈초원의 집〉의 메리가 일요 예배 보러 교회에 갈 때 입는 둥근 옷깃의 파란 원피스가 입고 싶어." "멜빵바지(초등학생 시절에 유행했었다) 가슴 부분에 〈세서미 스트리트〉의 애니와 버트 캐릭터 달아줘."

하나같이 굉장히 귀찮은 주문이었는데도 엄마는 딸의 요청을 흔쾌히 받아주었고 늘 상상 이상의 옷을 만들어주었다. 그 당시만 해도 비디오 같은 게 없었던 때라 엄마는 TV 방송이 나올 때마다 스케치한 후 재현해주었다.

내 어린 마음에도 이 사람의 재능을 나만 독차지하는 것이 아깝다는 생각마저 들었다. 부모를 칭찬하는 건 여전히 쑥스러운데, 만약 엄마가 조금만 늦게, 여성의 사회 진출이 어렵지 않은 시대에 태어났다면 창작자로서 충분히 활약하지 않았을까 싶다.

지금도 소중히 간직하고 있는, 중요한 날 부적처럼 삼고 있는 블라우스가 있다. 40년 전에 엄마가 만들어준 '간다라 블라우스.' 영화의 첫 무대 인사에서도 입었고, 프로 카메라맨에게 부탁해 프로필 사진을 찍을 때도 이 블라우스를 입었다.

고등학생 때 유행했던 밴드 고다이고의 노래 '간다라'를 나도 좋아해서 〈더 베스트 텐〉이라는 프로그램을 자주 시청했다. 밴드 의상은 아시아 민족의상 같은 오버블라우스였는데 굉장히 자유로운 느낌에 편안해 보였다. 그러나 그 무렵은 나도 고등학생이 된 터라 엄마에게 만들어달라고 조르지는 못했는데 엄마는 장거리 통학으로 애쓰는 딸을 위한 격려 차원이었는지

"자, 선물. 이런 옷 입고 싶었지?"라며 '간다라' 의상을 엄마만의 스타일로 손수 재구성해 깜짝 선물로 주었다. 옷깃이며 소매와 옷자락마다 코바늘로 뜬 귀여운 레이스가 달린 멋진 예술품 같은 블라우스였다. 이 한 벌을 완성하기까지 얼마만큼의 노력과 시간이 들었을까.

"우와, 완전 멋져! 엄마 고마워!"

그때의 놀람과 기쁨은 잊을 수 없다. 엄마에게 받은 선물 중이 옷이 가장 각별하다. 이 블라우스는 입기 아까워서 평소에는 소중히 간직해두었다가 '이때다' 싶은 중요한 날에만 입고있는데 40년이 지난 지금도 쌩쌩하게 활약하고 있다.

첫 무대 인사뿐 아니라 영화 시사회 때도 이 옷을 입고 무대에 올랐다. 이 블라우스를 입고 있으면 엄마가 옆에서 지켜주고 있는 듯한 기분이 들어 사람들 앞에서도 긴장하지 않고 차분히 이야기를 할 수 있다.

그만큼 엄마는 내게 특별한 존재다. 그런 엄마가 치매에 걸린 후 내가 제일 슬펐던 건, '인생은 부지런히 즐기지 않으면 손해다'를 신조로 삼아온 엄마가 정반대의 말을 하게 된 일이다.

기억이 흐려지는 건 어쩔 수 없다, 그런 병이니까. 그래도 엄마가 의욕과 자신감까지 잃지는 않았으면 좋겠다. 뭐, 그것도 병의 증상 중 하나라고 한다면 할 말이 없지만…. 엄마가 살아

갈 기력을 잃고 하루 종일 멍하니 있거나 가만히 누워 있는 모습을 보는 게 나는 가장 힘들다.

어린 시절 엄마가 낮에 누워 있는 모습을 본 기억이 없다. 엄마가 누워 있는 모습은 밤에 잘 때뿐. 엄마가 감기로 힘들어 할 때 아직 어렸던 내가,

"엄마 좀 쉬어."

걱정해도 완고하게 눕기를 거부했다.

"나는 그런 버릇없는 짓은 안 한다. 낮부터 누우면 썩어."

그만큼 자신에게 엄격하던 사람이었다.

그러던 엄마가 지금은 장소 불문 대낮부터 드러누워만 있다. 엄마의 의욕을 조금이라도 이끌어내려,

"엄마, 자꾸 누워만 있으면 썩어~. 요리하자, 도와줄게."

말을 걸어도,

"어차피 나는 모르니까 피해만 준다. 네가 해주는 게 맛나, 네 아버지도 좋아할 거다."

토라진 표정으로 대답하며 도통 일어나려 하질 않는다. 굴하지 않고 집요하게 재촉하니,

"나 좀 내버려둬라. 어차피 도움도 안 되는데."

계속되는 자기부정의 말에 나도 그만 감정이 격해지고 말아,

"왜 스스로를 무시하는 말만 해? 옛날에는 뭐든 긍정적으로

생각했잖아."

"나는 이제 노망난 늙은이 아니냐! 그러니까 이제 이 집에서 없어지는 게 낫다. 그저 짐만 되니. 내 말이 틀렸니?"

"왜 말을 그렇게 해? 짐이라니, 아무도 그런 소리 안 했어. '없어지는 게 낫다'니 어디로 갈 건데? 갈 곳도 없잖아?"

결국 나도 똑같이 흥분해버려 말다툼으로 번졌고 상황이 더 나빠졌다. 아, 이러면 안 되는데….

치매 전문의 이마이 유키미치 선생님에게 "가족은 그 사람을 사랑해주는 것이 제일의 일"이라는 말을 들었을 때, 정신이 번쩍 들었다. 지금까지 얼버무리며 피해왔던 내 마음을 제대로 마주해야만 하는 때가 왔음을 직감했기 때문이다.

그래서 스스로에게 물었다.

나는 지금 진정으로 엄마를 사랑하고 있나?

예전의 쾌활한 엄마가 아닌 사실이 비참해서 지금의 엄마를 마음 한구석에서 꺼리고 있는 건 아닐까?

엄마가 "나는 없는 게 낫다"고 자기부정의 말을 반복하는 건 그런 나의 차가운 시선을 민감하게 포착했기 때문은 아닐까?

나는 치매에 걸려 변해버린 엄마를 정말로 사랑하고 있나?

엄마가 고장 났다는 사실에 절망을 느낄 때도 많다. 마음에 안 드는 부분이 있으면 상대의 기분은 상관 않고 울부짖는 엄마.

"나 같은 거 없어졌음 싶지? 차라리 죽는 게 낫다."

처음에는 어떻게 해야 좋을지 모른 채 공포마저 느꼈다. 어떻게든 엄마를 달래보려고, 엄마의 마음을 헤아려보려고도 해봤다.

그렇구나, 엄마는 매일 '내가 이상해졌다. 모두에게 피해를 준다'는 생각으로 지내고 있으니 그 고통이 얼마나 클까. 몇 번이나 함께 울었던 터라 그 마음을 나도 조금은 이해한다. 그럼에도 배려로 넘쳤던 예전의 엄마를 아는 딸로서는,

"나는 그만 죽는 게 낫다. 죽여줘!"

이런 말을 내뱉는 지금의 엄마에게 솔직히, 이제는 그런 말에 상처 받을 상대의 마음을 헤아릴 능력조차 없어졌냐고 묻고 싶다. 병이니 어쩔 수 없다고 스스로를 아무리 다잡아봐도 그 말을 들은 슬픔은 역시 내 안에서 소화가 안 된다.

정작 엄마는 맛있는 음식을 먹으면 순식간에 기분이 좋아져 방금 전 울부짖던 일은 거짓말처럼 잊어버린다. 엄마 얼굴이 환해지면 그나마 안심이 되니까 나는 하는 수 없이 '먹는 것으로 유혹'하는 작전을 꺼내들게 되었다.

하지만 이럴 때도 역시나, 예전 일을 자꾸 끄집어내는 게 좋지 않다고 생각하면서도 과거를 떠올리게 된다. 예전의 엄마

는 자신이 만든 요리를 나와 아버지가 맛있게 먹으면 그 모습을 흐뭇하게 바라보다 "나는 두 사람이 맛나게 먹는 모습을 보는 게 행복이야" 하고 웃으며 남은 음식을 먹었다.

그러나 지금은 내가 만든 요리를 다 내오기도 전에 그새를 못 참고 먼저 먹기 시작한다. 맛있다 싶으면 아버지와 나는 안중에도 없이 혼자서 다 먹어치운다. 그 모습을 아버지와 나는 어쩔 도리가 없다는 단념의 기분으로 쳐다본다. 이 정도의 차이다.

방금 전까지 울고 있다가도 음식을 앞에 둔 순간 환해진 얼굴로 무심하게 먹기 시작하는 엄마는, 뭐 귀엽다고도 할 수 있겠지만, 엄마라는 역할을 벗어던진 생물로서의 본성을 보여주고 있는 것 같아 슬프다.

지금의 엄마는 완전히 아이다. 흔히 "아이라고 생각하면 화도 안 난다" "간병과 육아는 비슷하다"고들 한다. 그러나 아이와의 결정적인, 그리고 절망적인 차이는 아이는 성장하나 치매 엄마는 퇴행해갈 뿐이라는 사실이다. 육아는 자립 시기를 예상할 수 있으나 이렇게 식욕 왕성하고 기운찬 엄마의 상태를 보고 있자면 정말로 끝이 안 보인다. 이런 생각을 하는 내가 배은망덕한 딸인 것 같아 엄마에게 너무 미안하지만 몸이 바닥 없는 늪 속으로 가라앉는 듯한 공포를 느낄 때도 있다.

솔직한 심정을 말하자면 나는 지금의 엄마를 더는, 노력하지 않으면 사랑할 수 없다. 못돼먹은 딸이다 싶겠지만 지금의 엄마를 진정으로 사랑하려면 노력이 필요하다는 걸 인정할 수밖에 없다. 내가 좋아했던 과거의 엄마에 대한 기억이 고장 나버린 지금의 엄마로 덧입혀지는 것이 싫어서 나는 엄마와 진지하게 마주하기를 피하며 적당히 받아넘기고 있는 것 같다.

그렇다, 나 자신이 상처 받고 싶지 않아서다….

하지만 이 상황은 바꿀 수 없다. 엄마가 치매라는 사실은 변함이 없다. 그 쾌활하고 농담 잘하던, 내가 좋아했던 엄마는 두 번 다시 돌아오지 않는다.

그렇다면 내 생각을 바꾸는 수밖에 없다, 치매를 인정한 다음 즐거움을 발견하는 수밖에 없다고 이 책의 머리글에서도 말했듯이, 이것이 소중한 사람의 치매를 받아들이기 위한 제일의 비결이라 생각한다.

그리고 실은 또 하나, 치매에 걸린 엄마와 함께하면서 차츰 다다르게 된 '위안'이 있다. 그 위안이란 게 내 안의 굉장히 어두운 부분이라 여기에 써야 할지 말지 고민했는데, 이 글을 쓰기 시작할 때 무엇이든 있는 그대로 이야기하리라 선언했으므로 숨기지 않고 써야겠다고 마음먹었다.

나의 이 '깨달음'을 당시의 일기에 썼었다.

그 일기를 바탕으로 글을 쓰려고 며칠을 썼다 지우기를 반복했으나 도무지 그때의 리얼한 열의와 생각을 정확하게 전할 수 없어서 과감히 일기를 공개한다.

○　　　　**2017년 8월 5일**

어려서부터 엄마바라기였고 늘 팔짱을 끼고 걸을 만큼 엄마와 사이가 좋았다. 불과 몇 년 전까지만 해도 엄마가 세상을 떠나면 어떡하지, 상상만으로도 눈물이 터졌고 엄마 없이는 못 살 것 같은 마음에 절망해버릴 정도로 엄마를 좋아했다.

매년 본가에 내려가는 일이 참 즐거웠고 다시 도쿄로 돌아오기 전 엄마와의 작별은 언제나 힘들었다.

그렇게나 좋아하던 엄마가 치매에 걸렸다. 당연히 처음에는 충격이었으나 전에 없던 언동이 반복되다 보니 어느새 일상이 되었고 점차 엄마의 기행에도 익숙해졌다. (익숙해졌다기보다는 정나미가 떨어졌다, 진심으로 상대를 안 하게 되었다고 말하는 게 정확할지 모르겠다.)

그리고 내가 최근 생각하기 시작한 것.

이상하게 들리겠지만 내 안에서 엄마가 조금씩 죽어가고 있음을 느낀다.

치매에 걸리지 않고 엄마가 세상을 떠났다면 나는 슬픔과 결핍으로 견딜 수 없었을 테지만 지금은 엄마의 죽음이 그렇게 두렵지 않다. 지금의 엄마와는 제대로 된 소통이 안 될 때가 많다. 병 때문임을 알지만 그 언동은 사람을 초조하고 낙담하게 만든다. 확실히 말하자면 지금의 엄마는 더 이상 내가 좋아했던 엄마가 아니다.

그래서 마음 어딘가에서, 신이 엄마를 치매에 걸리게 해서 엄마가 세상을 떠나도 내가 많이 슬퍼하지 않도록 '평온하게 체념하는 죽음'을 준비해줬다고 생각하고 있다.

그렇다, 이 무렵부터 나는 치매를 '신의 친절'로 여기기 시작했다. 신은 엄마를 내가 좋아했던 엄마로부터 서서히 변모시켜감으로써 긴 이별을 시켜주고 있는 거라고.

이 글을 읽고 불쾌한 마음이 드셨다면 정말로 죄송하다.

버젓이 살아 있는 엄마를 '조금씩 죽어가고 있다'라니. 그러나 만약 소중한 사람이 치매에 걸려 망연자실하고 있는 분이 있다면 이렇게 생각하는 사람도 있음을 알아주었으면. 그 사실이 조금이나마 위안이 되면 좋겠다….

혹은 같은 생각을 하고 있지만 그런 스스로를 용서하지 못해 자기혐오으로 괴로워하고 있는 분에게는 '당신만 그런 게 아니에요'라고 말해주고 싶다. 나 역시 그런 생각은 불효의 극치라고 스스로에게 욕을 퍼부으면서도 '이건 신의 친절'이라 생각함으로써 분명히 위안을 얻고 있으니까.

"가족은 그 사람을 사랑해주는 것이 제일의 일"이라는 이마이 유키미치 선생님의 말을 계기로 엄마를 피하지 않고 똑바로 받아들여야겠다고 각오한 나. 그리고 결심했다. 노력하지 않으면 엄마를 사랑할 수 없음을 깨달은 이상 어떻게든 그 노력을 해야겠다고. 형식적이어도 괜찮으니 우선은 시작하자고.

이제 엄마가 어떤 폭언을 내뱉는다고 해도 나는,

'엄마를, 사랑한다.'

이 마음을 흔들림 없이 전력으로 전하며 엄마를 조금이라도 안심시키자. 그것이 나의, 딸로서의 사명이라 여겼다.

먼저 엄마를 꼬옥 안아주는 것부터 시작하자. 예전에는 스킨십을 참 많이도 했는데, 변해버린 엄마가 무서워서 안아주지 못하게 된 내가 문제였구나. '엄마가 변해도 나는 엄마를 사랑하겠다'는 나의 간절함을 최선을 다해 엄마에게 전하자.

그 이후로 엄마가 누워 있으면 나도 엄마 옆에 누워 엄마의 머리칼을 어루만져주고 껴안으며 말을 걸었다.

"엄마는 몸이 예전 같지 않아 불안하겠지만 그건 병이라 어쩔 수 없어. 그렇지만 병에 걸려도 엄마는 엄마 그대로야, 아무것도 변함없어. 아버지도 나도 아픈 엄마가 걱정되지만 여전히 엄마를 사랑해. 어디에도 가지 말고 우리 함께 평생 이 집에서 살자. 그러니까 엄마 어디 갈 생각 말고 이 집에 있어."

그리고 몇 번이나 반복했다.

"엄마 사랑해."

그러자 처음에는 "손대지 마라. 어차피 나는 짐이다" 하면서 딱딱하게 굴던 엄마도 차츰 안정을 찾고서 부드러운 미소를 보였다. 그리고 나 역시 엄마를 꼬옥 껴안을수록 엄마를 두려워하며 군었던 마음이 점차 녹아 평온해졌다. 엄마와 예전처럼 마음과 마음이 통한 듯한 기분이 들었다. 엄마 냄새는 예전과 변함이 없다. 엄마의 미소도 그대로다. 엄마는 치매에 걸려도 여전히 내 엄마다. 나는 역시 엄마가 좋다. 이 평온한 시간이 계속 이어졌으면….

하지만 행복의 순간은 길게 이어지지 않는다. 그게 바로 치매다. 이 안도감에 젖어 있다가도 다음 순간 "나는 여기에 있으면 짐만 된다!"의 파도가 사정없이 덮친다. 그리고 또다시 원점으로 되돌아간다. 그러나 그것이 우리의 현재 상황이며 그저 지금의 생활을 즐기는 수밖에 없다.

　　"당신은 감사하는

　　　마음도 잊은 게야?"

　　　　　　　　　　　　　　　：
　　　　　　　　　　　　　　　：

간병 서비스가 시작된 지 1년이 지나자 엄마는 미치모토 씨에
게도 더 이상 얌전히 굴지 않고 아무렇지 않게 폭언을 내뱉거
나 난폭하게 굴었다. 아버지는 마치 자신의 잘못인 양 미안해
하며 몇 번이고 미치모토 씨를 위로했다.

　"집사람 때문에 참으로 고생이 많소. 많이 힘들지요? 무리하

지 말고 적당히 해요."

"괜찮아요. 저는 익숙해요. 어머님이 가족과 똑같은 태도로 저를 대한다는 건, 저도 같은 관계에 포함했다는 의미여서 오히려 기쁜걸요."

엄마의 손찌검에도 웃으며 그렇게 말해주는 미치모토 씨에게 아버지도 나도 얼마나 구원을 받았는지.

미치모토 씨가 해준 맛있는 요리를 두고 아버지와 엄마 사이에 공방전이 일어난 적도 있는 모양이다. 어느 날 웬일로 아버지에게서 전화가 와서 무슨 일인가 싶었는데 대뜸 울먹이는 소리로,

"내가 아껴두었던 조림을 네 엄마가 다 먹어버렸다!"

전화 너머에서는 엄마가 화를 내고 있다.

"나는 모르는 일이라고 했잖아요!"

자세히 들으니 상황은 이러했다. 어제 미치모토 씨가 만들어준 조림이 너무 맛있었던 아버지는 엄마가 그날 다 먹어버릴까 봐, 더 먹고 싶은 것을 참아가며 반만 먹고 반은 다음을 위해 남겨두었는데….

아무래도 밤중에 엄마가 주방에 들어와 냄비 뚜껑을 열어보고는 맛있어 보여서 먹어치웠나 보다. 그러나 그 와중에도 역시 주부의 면모는 남아 있었는데, 먹은 후에는 뒷정리를 해야

된다고 생각했는지 아버지가 아침에 일어나서 보니 주방에는 깨끗하게 씻긴 냄비가 떡하니.

"당신이 전부 먹어치운 게야?!"

아버지는 크게 충격을 받았는데 엄마는 당연히 기억을 못한다.

"이제 네 엄마한테 안 뺏기려면 나도 방어를 해야겠다."

그 이후로 아버지는 뺏기기 싫은 음식은 머리맡에 두고 자기 시작한 듯하다.

이렇게 식욕만은 왕성한 엄마의 아침 기상이 점점 늦어졌다. 심할 때는 내가 오후 5시 넘어 본가에 도착했는데, "네 엄마 아직 잔다"는 아버지의 말에 깜짝 놀란 적도 있다. 식탁에는 엄마 몫의 아침 식사였을 토스트와 달걀 프라이, 사과가 그대로다. 아버지가 차려놓은 모양인데 토스트도 달걀 프라이도 식은 지 오래고 사과는 갈색으로 변색되어 있었다.

"일어나라고 몇 번을 말해도 내 말은 무시다, 무시."

아버지는 이제 포기했는지 주방에서 부지런히 저녁에 먹을 쌀을 씻고 있었다.

"뭐, 네 엄마도 저녁 먹을 때는 일어나겠지. 네 엄마가 좋아하는 광어회를 사 왔으니. 맛있는 것에는 사족을 못 쓰잖냐."

아버지는 좋은 사람이네요. 정말이지 아버지의 애처가다운 모습에는 고개가 숙여진다.

나는 자고 있는 엄마에게로 가서 괜스레 더 밝은 목소리로 엄마를 깨웠다.

"엄마, 나 왔어요~. 아직도 자? 낮부터 자면 썩어~."

그러나 엄마는 조금도 기쁜 표정을 보여주지 않는다.

"뭐야? 나오코니? 조금만 더 자자."

한나절이나 걸려 온 보람도 없어 의욕이 꺾이는 듯했다. 그러나 그때도 엄마 옆에 나란히 누워 꼬옥 안아주고 머리칼을 쓰다듬으며 참을성 있게 말을 걸었다. 그러자 조금씩 엄마가 '되돌아오는 것'이 보였다.

아, 이곳은 내 집이고 이건 내 이불이잖아. 나오코가 내려와서 나를 깨운다. 그러고 보니 배가 고프네. 남편도 걱정하고 있으니 슬슬 일어나서 뭔가 먹어야겠다.

바로 옆에서 가만히 지켜보고 있으니 엄마의 마음이 어떻게 흐르는지 훤히 보였다.

치매 환자는 잠에서 깰 때 제일 혼란스러워한다고 한다. 눈을 뜨는 것까지는 좋은데 자신이 어디에 있는지, 지금이 아침인지 점심인지 밤인지, 지금부터 뭘 해야 하는지, 아무것도 떠오르지 않아서 그게 무서워 다시 눈을 감고 자려는 듯하다.

그 공포감을 씻어내고 혼란을 가라앉히려면 엄마 곁에 붙어서 가능한 한 얼굴을 가까이 마주하고 눈을 바라보면서 '여기는 어디고 지금은 몇 시며 지금부터 엄마가 해야 되는 일'을 시간을 들여 조금씩 본인이 납득할 때까지 차분히 이야기하는 것이, 내가 시행착오를 반복한 끝에 다다른 엄마를 대하는 가장 좋은 방식이다.

처음에는 불안정하던 엄마도 내가 계속해서 참을성 있게 말을 건네자 이해하고 안심했는지 웃는 얼굴을 보여주기 시작했다.

이렇게 말하고 보니 꼭 무슨 지침서 같아졌는데, 엄마를 혼란스럽게 만들지 않으려면 불필요한 입씨름은 피하는 게 상책임을 알게 되었다. 아버지와 내가 둘이서만 이야기하는 것은 좋지 않다. 그러면 엄마는 자신을 따돌린다고 생각하는 모양이다.

엄마 입장에서는 이런 느낌이려나.

'남편과 딸이 이야기를 나누고 있는데 무슨 내용인지 전혀 모르겠다. 내가 못 알아듣게 나만 따돌리고서 둘만 이야기하고 있는 걸까. 무슨 이야기를 하고 있냐고 물으면 대답은 해주는데, 그 대답 또한 도무지 모르겠다. 아무래도 나는 몇 번이나 같은 질문을 하고 있는 것 같다. 남편도 딸도 귀찮다는 얼굴을

하고 있다. 역시 나는 두 사람에게 짐인가….'

엄마는 치매에 걸려도, 아니 치매에 걸린 이후로 더욱 우리의 작은 표정 변화에도 민감해졌다. 내가 아무 말 안 해도, 잠시라도 싫증 난 표정을 지으면 바로 알아차리고서 반응을 한다. 그래서 엄마가 이야기의 테두리에서 벗어나지 않게끔 늘 주의하고 있다.

아버지와 엄마와 셋이서 대화를 나누는 일은 나로서는 꽤 스트레스가 쌓이지만 말이다. '들리지 않아 몇 번이나 같은 질문을 하는 아버지'만으로도 힘든데 거기에 '들었는데 잊어버려 몇 번이나 같은 질문을 하는 엄마'가 더해지니, 어쩐지 무한 반복 대화가 돼버렸다. 뭐, 이미 적응되었지만.

하지만 생각해보면 엄마가 이곳을 자신의 집으로 인식하고 있는 것만으로도 실은 다행일지 모른다. "집에 돌아가고 싶다"면서, 이른바 배회가 시작되는 사람도 많다고 한다. 만약 배회의 기미가 조금이라도 보인다면 정말로 귀가 먼 아버지와 둘이서는 생활할 수 없을 테니까. 아버지가 모르는 사이에 엄마가 사라지는 사태만은 제발 피하고 싶다.

그래서 우리 집은 '가능한 한 집 내부의 모습을 바꾸지 않는다'를 원칙으로 하고 있다. 우리 집은 오래된 단독주택이라 턱이 많은데, 엄마가 시집왔을 때부터 있었던 집이니 엄마는 그

것에 익숙하다. 몸이 기억하고 있어 걸려 넘어지는 일은 없다.

난간을 세우거나 경사면을 만들어 집 내부의 풍경이 바뀌면 엄마가 '이곳은 내 집이 아니다. 집에 돌아가고 싶다'고 혼란스러워하며 배회를 시작할까 봐, 그게 더 무서워 케어매니저와 의논해 장애물 제거는 하지 않기로 했다.

집집마다 생각하는 다양한 방법들이 있겠지만 집 내부에 턱을 그대로 두는 것, 따로 침대를 사용하지 않고 이불을 펴고 개는 일을 아침저녁의 일과로 삼는 것, 이것이 우리 집이 고집하는 규칙이다. 일상생활에서 그런 완급 조절과 신체를 움직일 기회가 있기 때문에 아버지도 엄마도 나이에 비해 다리와 허리가 튼튼하지 싶다.

"뭐든 장애물을 제거해서 몸을 놀리면 오히려 건강에 해롭다." 이는 아버지의 지론을 인용한 것으로, 100세가 코앞인 정정한 아버지가 하는 말이니 틀림없다고 본다.

가스레인지만은 위험해서 자동 소화 장치가 장착된 것으로 교체했는데, 그때도 기존에 사용해오던 것과 똑같은 모양을 찾았다. 그런 요구가 의외로 많은 모양인지 구형 모델을 구할 수 있었다. 덕분에 엄마는 지금도 교체 사실을 모른다.

〈Mr. 선데이〉 특집이 호평을 받아 다음 해에 속편을 방송하고 아예 영화로 만들자는 결심이 섰을 때 나는 영화에 어떤 장면을 넣고 뺄지 판단을 내려야 했다.

아버지와 엄마의 모습은 2001년부터 계속 촬영해왔기 때문에 두 사람 모두 이제는 내가 촬영하고 있는 것을 의식하지 않고 숨김없이 뭐든 보여준다. 그래서 부모의 존엄을 지키려면 촬영한 영상 중 무엇을 사용하고 무엇을 제외할지, 선택의 책임은 오롯이 내게 달려 있다.

가장 고민한 것은 아버지가 딱 한 번, 엄마에게 고함친 부분이다. 잠에서 깨어나 혼란스러운 나머지 부정적 사고의 극치에 다다른 엄마가,

"그냥 콱 죽고 싶다! 칼 가져와라! 모두에게 짐만 되는데 죽어야지!"

눈을 부라리며 계속해서 소리치는데 처음에는 부드럽게 타이르던 아버지가 돌연 폭발한 것이다.

"바보 천치 같으니라고! 뭔 소리를 지껄이는 게야! 그렇게 죽고 싶으면 죽어!"

그렇게 분노하는 아버지의 모습을 태어나 처음 봤다.

큰소리치는 것을 단 한 번도 들은 적이 없을 만큼 성품이 온화한 아버지가 엄마를 향해 "죽고 싶으면 죽어!"라니…. 나는 눈앞에서 일어난 일이 믿기지 않아 얼어버렸다. 그리고 잠시

후 딸인 나를 사이에 두고 아버지와 엄마의 본격적인 말다툼이 이어지는데, 나는 처음 보는 아수라장에 '두 사람을 말려야 한다'는 생각조차 못 한 채 그저 가슴이 조마조마했다.

하지만 동시에 촬영자로서 '굉장한 영상을 찍고 있다!'는 흥분도 억누를 수 없었다. 이런 엄청난 장면은 오랜 디렉터 인생에서도 좀처럼 못 만난다.

그때 격분한 엄마가 처음으로 내게 말했다.

"그만 좀 찍어라!"

나는 카메라를 끄는 대신 엄마와 나 사이에 있던 미닫이문을 닫았다. 흥분한 상태라 자세히 기억은 안 나는데 본능적으로 '촬영을 중단하면 거기서 영상은 끝나버린다. 카메라를 엄마 눈에 안 보이게끔만 하면 된다'고 판단했던 것 같다. 촬영 중이던 나도 정신없이 몰두해 있었다.

현장에서는 반쯤 흥분해서 본능적으로 촬영했지만 냉정을 되찾고서는 이 장면을 영화에 넣어야 하나 말아야 하나, 상당히 고민했다. 일생에 딱 한 번, 아버지가 엄마에게 소리를 질렀다. 그 모습을 영상으로 남기기는 했으나 과연 공개해도 되는 걸까? 아버지는 원래 그런 사람이 아닌데. 아버지의 인격을 욕보이는 일이 된다면 딸로서는 역시 견딜 수 없다.

그러나 최종적으로 나는 이 장면을 영화에 넣기로 했다. 편집실에서 몇 번이나 돌려본 끝에, 이때 아버지는 감정적으로 엄마에게 소리를 지른 게 아니라 엄마를 위해서 온 힘을 다하고 있는 것임을 깨달았기 때문이다.

"좀 감사해하며 살아. 모두가 당신을 그토록 아껴주고 있잖소. 모두에게 예쁨 받는 늙은이가 되어야지."

아버지는 엄마에게 몇 번이나 말했다. 갈수록 신경질적인 엄마를 변함없이 웃으며 헌신적으로 돌봐주는 요양보호사 미치모토 씨와 케어매니저 고야마 씨, 데이케어센터 자유관 사람들 모두 그토록 챙겨주고 있는데 당신은 어째서 불평만 하느냐고, 어째서 감사하는 마음을 가지지 않느냐고 아버지는 깨우치고 있는 것이다.

아버지가 치매 증상으로 엄마에게 화를 낸 적은 한 번도 없다. 아프니 어쩔 수 없다고 생각하기 때문이다. 하지만 치매에 걸렸다고 사람으로서 지녀야 할 '감사'의 마음까지 잃어서는 안 된다, 아버지는 그렇게 엄마를 대한 것이다.

그걸 깨달은 나는 영화의 구성적인 측면에서 판단했다.

2001년 엄마를 향해 처음 카메라를 들었을 때의 일이다. "아버지한테 하고 싶은 말 있어?"라는 내 질문에 당시 71세였던 엄마는 이렇게 대답했다.

"감사하는 생활. 적은 연금에도 네 아버지는 취미 생활인 서예를 시켜줬단다, 정말로 감사한 일이지."

실제로 과거 엄마는 입버릇처럼 아버지에 대한 고마움을 이야기했었다. 영화에는 반드시 이 인터뷰도 사용하리라 결심했다. 엄마의 인터뷰와 아버지의 질책은 한 세트라는 마음으로.

엄마는 원래 첫마디에 아버지에 대한 고마움을 표현하는 사람이었다는 것. 그리고 아버지의 질책은 '당신은 예전에는 항상 남에게 감사하는 마음을 가졌잖소. 그 마음까지 잊어버리진 말구려'의 의미라는 것. 영화를 본 사람들이 그 사실을 알아줬으면 하는 마음이었다.

아버지가 엄마에게 고함치는 장면을 돌려볼 때마다 과연 나는 이런 식으로 엄마를 대할 수 있을까 싶어 숙연한 마음이 든다.

나는 이렇게 전력을 다하지 못한다. 스스로도 참 치사하다고 여기는 부분인데, 꼭 에너지 절약을 생각하게 된다. 엄마는 이미 치매 환자니까 그렇게까지 화를 내봤자 나만 지칠 뿐이라며 체념해버리는 것이다. 그리고 엄마에게 상처 주지 않고 나 자신도 가능한 한 상처 받지 않으려 '치매 환자를 대하는' 매뉴얼대로 '착한 딸'을 연기하며 얼버무리고 있다.

하지만 아버지는 매뉴얼과는 관계없이 자신의 신념으로 엄마와 정면 승부를 보았다. 그리고 잘못한 일은 잘못했다고 확실하게 말했다. 치매에 걸렸다고 해서 엄마라는 사람을 포기하지 않는다. 아버지는 엄마를 내버려두지 않는 것이다. 나는 내 치사함을 나무라는 것 같아 패배감마저 느꼈다. 내게 그 정도의 각오는 없다는 것을 인정할 수밖에 없었다. 나는 아버지를 인간으로서 진심으로 존경한다.

엄마에게도 아버지의 진심이 전해졌을 거다. "죽고 싶으면 죽어!"라는 아버지의 말은, 듣기에 따라서는 심한 말일 텐데 엄마는 토라지거나 자포자기하지 않고 용서를 구했다. 엄마 나름대로 반성한 모양인지, 내 앞에서 눈물을 흘린 이후로는 평소처럼 아버지에게 응석을 부리기도 하고 아버지의 등을 긁어주며 정성 가득한 애정을 전하고 있다.

이 두 사람의 깊은 신뢰와 두터운 유대에 다시금 놀란다. 60년의 인생을 함께 보내왔다는 것은 이런 것이구나. 딸인 나는 연로한 부모의 모습에서 이번에도 배울 점을 본다.

요즘 알게 된 사실인데, 아무래도 엄마는 아버지에게 첫눈에 반한 것 같다. 중매로 결혼한 두 사람은 처음 만나는 자리에서 아버지는 엄마를 '처음 본 사람', 엄마는 아버지를 '매일 아침 출근 시간에 마주치는 사람'이라 생각했다고. 그리고 최근에 아버지에게 "아버지는 왜 엄마와 결혼했어요?" 하고 물었더니 "나는 잘 모르겠다만 네 엄마 쪽에서 이야기가 척척 진행되더니 어느새 결혼하게 됐다"라는 대답이.

아, 엄마가 강력하게 추진했구나. 나는 웃음이 났다. 아가씨 시절의 엄마는 분명 출근 때마다 마주치는 아버지에게 관심이 있었을 거다. 그래서 맞선 자리에 그 사람이 나타났을 때 기쁜 마음으로 "나 시집 갈게요!" 하며 적극적으로 임했으리라. 엄마는 시치미를 떼며 인정을 안 하지만. "기억 안 난다"고 잡아떼는데 치매가 와도 과거의 일은 잘만 기억하고 있으니 아마 정곡을 찔렸다고 생각할 것이다.

그렇게 첫눈에 반한 아버지와 60년을 함께 해오고, 아버지는 치매에 걸린 엄마를 이렇게 온 힘을 다해 아껴주다니, 엄마는 참 행복한 사람이구나.

이건 후일담인데, 나는 아버지가 고함친 장면을 영화에 넣은 것이 계속 신경 쓰여 영화 개봉 후 아버지의 반응을 살폈다. 아버지는 구례에서 영화 개봉 첫날 관람했는데 그 장면에 관해서는 한마디도 언급하지 않았다. 나도 겁이 나서 물어보지 못했는데 바로 얼마 전 엉뚱한 일로 아버지가 그 장면을 어떻게 생각했는지 알게 되었다.

감사하게도 영화가 크게 히트해 아버지는 구레에서 제법 유명 인사가 되었는데 아버지가 외출하면 많은 사람들이 말을 걸어온다.

"아버님, 영화 봤어요~."

"아버님, 멋졌어요~."

아버지는 그때마다 "대체 어디가 멋이 있다는 게지?" 하며 의아해했는데 며칠 전 갑자기,

"옳지, 알았다. 내가 딱 한 번 네 엄마에게 호통친 부분이 있잖냐. 그 부분이 〈의리 없는 전쟁(전후 야쿠자들 간의 전쟁을 연대기순으로 그린 영화-옮긴이)〉 같아서 멋있었던 게야."

나는 그만 내뿜고 말았다. 그와 동시에 안심했다. 아버지는 그 장면을 창피하게 여기지 않았다. 정확하게 말하자면 멋있다⋯고까지 생각하고 있었다.

아버지는 영화가 개봉된 것이 아주 즐거운 모양인지 구레와 히로시마 상영 후 나와 함께 무대에 올랐다. 그리고 내 손을 잡고 상영관을 꽉 채운 관객들을 향해,

"노부토모 나오코의 아버지입니다. 저는 98세라 살날이 얼마 안 남았습니다만 딸의 인생은 이제부터이니 응원해주십시오. 잘 부탁합니다."

하면서 그렇지 않아도 90도로 굽어 있는 허리를 더욱 굽히

며 바닥에 머리가 닿을 정도로 고개 숙여 인사를 해주었다. 아버지의 손을 잡고 옆에 서 있던 나는 진심으로 이 사람의 딸로 태어나길 잘했다는 생각에 눈물을 참느라 혼났다.

전쟁으로 자신의 꿈을 접고 평생 원통함을 가슴에 품은 채 살아온 아버지.

자신이 겪은 원통함을 딸만은 겪지 않도록, 내가 어릴 때부터 "너는 네가 원하는 일을 해"라며 끊임없이 격려해준 아버지. 그리고 영상 제작이라는 길을 찾아 악착같이 달려온 나를 가장 깊이 이해해준 사람, 아버지.

내가 치매를 앓는 엄마와 간병하는 아버지의 영상을 작품으로 만들고 싶다고 했을 때 "너를 위한 일이라면 뭐든 도우마"라고 말해준 아버지.

내 앞에서는 태연한 얼굴을 했지만 엄마의 병세가 심해지고부터는 카메라로 촬영하는 나로 인해 신경이 곤두서고 상처를 받은 일도 있었던 것 같다. 엄마가 무너져가는 모습을 집요하게 찍는 딸과 '남편으로서 아내를 지키고 싶다'는 마음 사이에서 흔들린 적도 분명 있었을 테다. 그럼에도 나와의 약속을 지키며 단 한마디 불평도 않고 굳은 각오로 끝까지 엄마와 함께 카메라 앞에 서서 모든 것을 내보여준 아버지.

"여기까지 찍었는데 괜찮아요?" 하고 물으면 엄마와 마찬가

지로 "네가 우리를 욕보일 리 없다. 믿으니 괜찮다"고 말해준 아버지. 그 말이 압박이 되기도 했지만….

영화가 구례에서도 개봉된다는 사실을 알고 크게 기뻐하며 내가 보낸 영화 홍보지를 들고서 집집마다 돌아다니며 홍보해준 아버지. 본가에 내려가니 이미 이웃들 모두가 홍보지를 들고 있어 놀랐었지.

내 얼굴이나 영화가 실린 신문 기사를 구멍이 뚫릴 정도로 반복해서 읽으며 새로운 스크랩북을 만들어 소중히 간직하고 있는 아버지.

나는 이 영화를 만들면서 아버지의 오랜 원통함을 해소시켜 줬을까?

아버지에게 조금은 효도를 한 걸까?

정말로 찌그러진 모양이지만 내게 효도란, 아버지와 엄마를 발가벗기는 이 작품을 세상에 내보임으로써 치매를, 간병을, 사람이 늙어가는 모습을, 사람이 사람을 아끼는 마음을 모두가 느끼고 생각하게 만드는 것이다.

영화를 봐준 분들이 멋진 말들을 많이 해주었다. 관객의 눈물과 미소, 그리고 뜨거운 메시지에 내가 오히려 기운을 얻었다. 다들 자신의 부모님과 겹쳐 보였는지 "어머님이 돌아가신 우리 엄마와 똑같아서 엄마를 다시 만난 기분이 들어 행복했어요"라며 연신 눈물 흘리는 분을 만나 나도 덩달아 울고 말았다.

한 젊은 관객은 "한동안 부모님에게 연락을 못 했는데 오늘 밤엔 꼭 연락드려야겠어요. 이번 휴가에는 부모님을 뵈러 오랜만에 본가에 가보려고요"라고 말해줘 너무나 기뻤다.

내가 관객에게 들은 이야기 중 가장 마음에 남는 말을 마지막으로 여러분에게도 들려드리고 싶다. 치매 어머님을 간병하다 떠나보냈다고 하는, 내게 있어 간병 선배라고 할 수 있는 여성의 말이다.

"나오코 씨, 저는 엄마를 간병하다 떠나보내고서 생각했어요. '간병은 부모가 목숨 걸고 해주는 마지막 육아'라고요."

이 말을 부모가 건재한 동안에 알게 되어 다행이었다. 나는 진정으로 생각했다. 엄마는 지금, 자신의 전부를 걸고서 자식인 내가 인간으로 한 단계 더 성장할 수 있도록 마지막 육아를 해주고 있구나….

인간은 누구나 늙는다. 이를 피할 길은 없다. 늙으면 엄마처럼 치매에 걸려 영문을 모르게 되기도 하고 남의 손을 빌리지 않으면 살아갈 수 없게 되기도 한다. 아버지도 허리가 굽었고 젊은 시절의 모습은 다 어디로 갔나 싶을 정도다.

그러나 그것 또한 인생이다. 삶은 그런 것이다. 예쁘지만은 않다. 우리 삶을 똑바로 보고 느껴라. 엄마와 아버지는 지금 몸소 내게 그렇게 가르쳐주고 있는 것이리라.

그리고 이 육아는 말 그대로 목숨을 걸고 하기 때문에 아버지와 엄마의 삶뿐만 아니라 죽음까지 나는 외면하지 않고 끝까지 지켜봐야 한다고 생각한다. 더 나아가 나는 그 모습을 영상에 담고 글로 써서 사람들에게 전하는 것이 일이므로.

"빠짐없이 보여줄 테니 우리 삶을 잘 보고 전해주렴"

아버지와 엄마의 그런 기개에 보답해 또 새로운 공동 작품을 만들고 싶다.

엄마와 아버지의
현재

⋮

2018년 9월 30일, 밤 10시가 넘은 시각. 태풍 24호의 접근으로
도쿄는 폭풍우. 내일 아침에는 간토 지역을 직격한다는 예보
가 떴다. 수도권 철도가 저녁 8시 이후로 운행 중지를 발표해
나는 서둘러 귀가해 기상정보를 예의 주시하고 있었다. 미친
듯이 퍼붓는 비바람의 기세가 집 안에서도 느껴질 정도였다.

갑자기 아버지에게서 전화가 걸려 왔다. 무슨 일이지, 이 시간에?

"네 엄마가 이상하다."

저녁을 먹고 있는데 갑자기 엄마의 몸이 좌측으로 기울며 쓰러질 뻔했다고 한다. 아버지가 황급히 떠받쳐서 그대로 바닥에 눕혔다고.

"구급차를 불러야죠."

라고 말하는 내게,

"구급차는 어떻게 불러야 하는 게냐?"

평소답지 않게 안절부절못하는 아버지.

"119에 걸어야죠. 주소 말하면 금방 오잖아요."

"네가 걸어줘라."

"내가 119에 걸면 여기서 구급차가 출발해요. 아버지가 구레에서 걸어야 해요."

전화 너머에서 엄마가 큰 소리로 "구급차 안 불러도 된다. 자고 나면 괜찮다"고 외치고 있다. 아, 의식은 있는 모양이다…. 그때는 엄마의 어조도 정확했기에 설마 뇌경색이라고는 생각도 못 했다.

일요일 밤중에 정말로 죄송했지만 케어매니저 고야마 씨에게 연락했더니 엄마가 긴급 이송된 병원으로 곧바로 가주었다. 그리고 아버지와 함께 엄마의 검사 결과가 나올 때까지 기다려주었다. 아버지는 굉장히 든든했으리라.

새벽 3시에 고야마 씨에게서 전화가 왔다. 그리고 의사 선생님이 전화를 바꿔 받아 증상에 대해 설명해주었다.

"우뇌 뇌경색입니다. 좌반신 마비가 보입니다. 그런데 그보다 심각한 문제는 쓰러졌을 때 토사물이 폐로 들어가 오연성 폐렴(구강 내 또는 음식물에 붙은 세균이 음식물과 함께 기도를 통해 폐로 들어가 염증을 일으키는 폐렴-옮긴이)을 일으켰어요. 꽤 위험한 상태입니다. 앞으로 이삼일이 고비입니다."

뭐? 그렇게 위험한 상태라고?

내 마음을 비추듯 창밖으로 폭풍우가 거세게 불어댔다.

잠들지 못한 채 날이 밝았고 일단 구레로 돌아가야겠다 싶어 집을 나섰다. 그러나 태풍의 직격탄으로 비행기도 신칸센도 멈춰 있었다. 하필 이런 때에….

세차게 들이치는 빗속, 비행기보다 운행 수가 많은 신칸센을 선택하고 역으로 향해 운행이 재개되기를 기다렸다가 올라탔다. 하지만 호우 뒤라 노선의 안전 점검이 필요해 달리다가 멈춰 서기를 반복했다. 결국 저녁이 되어서야 구레에 도착했다.

　서행하는 신칸센 안에서 온갖 자책이 머릿속을 어지럽게 돌아다녔다. 대체 뭐가 잘못이었을까?

　앞으로의 상황에 대해서는 대강의 시뮬레이션을 돌려봤었다. 엄마의 치매가 심해져 아버지와 나마저 못 알아보게 되면? 여덟 살 많은 아버지가 먼저 세상을 떠나면 엄마를 어떻게 돌봐야 하나? 하지만 엄마가 치매 이외의 병에 걸린다는 생각은 해본 적이 없었다. 더군다나 뇌경색이라니…. 혈압도 높지 않았던 터라 완전히 방심하고 있었던 것이다.

　내가 함께 지냈더라면 더 일찍 감지하지 않았을까. 훨씬 전부터 엄마에게는 왼손이 저리는 등 이상이 있었는데, 치매라서 그것을 확실하게 자각증세로 표현하지 못해 발견이 늦어진 게 아닐까….

　"열사병 안 걸리게 물 자주 마셔요." 굉장히 무더운 여름이라 통화할 때마다 당부했는데 저녁때까지 자고 있던 적도 있었으니, 그래서 수분이 부족했던 건 아닐까. 역시 내가 곁에서 부지런히 수분 보충을 시켰어야 했던 게 아닐까….

　후회해도 되돌릴 수 없음을, 결과는 뒤집을 수 없음을 알고 있으면서도 자꾸만 생각하게 된다.

　몇 년 전부터 부모와의 통화 마지막에는 늘 이 말을 덧붙였다. "무슨 일 생기면 바로 말해요. 당장 내려갈 테니까."

그리고 지금, 정말로 그 '무슨 일이 생겨' 아버지가 연락을 해 왔다. 그런데 이렇게 심란해질 줄이야…. 입버릇처럼 '무슨 일 생기면'이라고는 했지만 정말로 무슨 일이 생기리라고는 생각하지 않았다, 아니 생각하고 싶지 않았기 때문에 생각하지 않으려 했다. 그러나 '무슨 일'은 어쩔 수 없이 돌연 찾아온다. 연로한 부모가 있다는 건 그런 일임을 새삼 깨닫게 되었다.

엄마는 집중치료실에 있었다. 온몸에 튜브가 꽂히고 복잡한 기계에 둘러싸여 있는 모습이 마치 작고 하얀 인형 같았다. 그래도 내가 말을 걸자,

"나오코, 왔구나. 바쁠 텐데 걱정 끼쳐 미안하다. 여긴 어디니? 내가 왜 이런 곳에 있니?"

작은 목소리였지만 또렷한 말투로, 치매 때문인지 모르겠으나 엉뚱한 소리를 해줘서 한숨 놓였다. 언제까지고 딸이 우선인 부모의 마음만은 그대로다. 어떤 위기에 빠져도 엄마는 변함이 없구나, 그런 생각이 들자 눈물이 날 것 같았다. 그리고 무엇보다 언어중추가 손상을 입지 않아 의사소통을 할 수 있는 기적에, 나는 진심으로 감사했다.

아버지는 생각보다 침착해서 안심이었다.

요 몇 년 아버지에게는 엄마를 돌보는 일이 삶의 보람이라고까지는 할 수 없으나 분명히 생활의 의욕이 되었기에, 엄마의 갑작스런 입원으로 혼자가 된 아버지가 맥이 탁 풀려버리지는 않을지 걱정이었다.

확실히 엄마가 쓰러지고 한동안은 아버지가 멍하니 있는 일이 많아, 나를 부른다는 게 그만,

"당신."

으로 잘못 부르곤 해서 가슴이 먹먹했다. 그러나 역시 무엇이든 낙관적으로 받아들이며 뒤를 돌아보지 않는 성격의 아버지. 어느새 '아내 곁을 오가며 격려한다'는 새로운 의욕을 발견한 듯하다. 아버지는 매일같이 엄마가 입원해 있는 병원까지아끼는 보행 보조기를 밀고 와서는 침대 옆에 앉아 엄마의 손을 잡은 채 말을 건넸다.

"우리 얼른 집에 가세. 맛있는 커피 내려줄 테니 같이 마셔야지."

길 때는 두세 시간이고 병실에 있는 듯했다.

"매일 무슨 얘기를 그렇게 해요?"

내가 놀리듯 물으면,

"별말 안 한다만, 내가 오면 네 엄마도 든든할까 싶어서."

새로운 자신의 역할을 발견한 모양이다.

엄마는 다행히도 고비를 넘기고 집으로 돌아가고 싶다는 일념 하나로 재활을 시작했다. 그리고 한동안은 옆에서 도와주면 몇 걸음 걸을 수 있는 정도까지 회복했다.

또 한 가지, 이건 정말로 신기하게도 매일같이 입에 달고 살던 "내가 노망이 났다. 어쩌면 좋아"를 일절 내뱉지 않게 되었다. 딱히 참고 있는 건 아니고 아무래도 그런 발상이 사라진 것 같다. 이유는 나도 모르겠다. 하지만 뇌경색으로 뇌에 어떤 변화가 일어나 그런 괴로움에서 해방된 거라면 엄마에게는 다행이었을지도 모른다.

그 대신 타인에 대한 염려의 말이 늘어났다. 예전의 엄마로 되돌아온 것이다.

간호사가 뭘 해줄 때마다 "여러분에게 신세를 져서, 정말로 이를 어쩌나" 고마워했으며 내게도 "네가 모처럼 왔는데 내가 누워만 있으니. 아무것도 못 해줘서 미안하다"는 엄마의 얼굴을 보인다.

때마침 영화 개봉 시기와 겹쳐서 나는 구례와 도쿄를 바삐 오가고 있었는데 분명 얼굴에 피로한 기색이 역력했을 것이다.

"그러다 쓰러질라. 몸 챙겨라."

도리어 나를 챙겨준 적도 있었다.

아, 내가 사랑하는 엄마가 돌아왔다…. 이 무렵 엄마가 보인 신기할 정도의 온화함은 신이 우리 가족에게 준 선물이 아니었을까.

이렇게 세 달 정도는 순조롭게 회복해가던 엄마였는데, 연말에 반대쪽 좌뇌도 뇌경색을 일으켜 안타깝게도 재활 치료는 무산되고 말았다. 이번에는 언어중추도 손상되어 말도 거의 못 하게 되었다.

음식물을 삼키기 힘들어졌고 폐렴이 재발해 결국 위루관(구강으로 음식 섭취가 불가능한 환자에게 영양 공급을 위해 위장에 직접 관을 넣어 음식물을 주입할 수 있도록 만든 관-옮긴이)을 삽입하기로 했다. 엄마는 먹는 것을 좋아하는 사람이었는데, 먹는 즐거움을 빼앗는 몹쓸 짓을 해버렸다는 생각에 지금도 마음이 괴롭지만 영양 상태가 나빠져 쇠약해지는 것보다는 낫겠다 싶어 괴로운 결단을 내리게 됐다.

엄마는 지금 요양 병원에서 거의 누워만 있다. 의식은 있지만 잠만 자는 시간이 많다. 자다가 혼자서 몸을 뒤척이지도 못하는 상태라 간호사가 주기적으로 자세를 바꾸며 욕창이 생기지 않도록 신경 써주고 있다. 손발은 막대기처럼 가늘어져버렸다. 엄마는 매일 병실 침대에서 무슨 생각을 하며 보내고 있을까. 상상만으로 슬픔에 잠긴다. 그래도 엄마는 내가 병실에 가면 큰 소리로 이름을 불러준다.

"나오코!"

그 순간만큼이라도 '딸이 와주었다'는 기쁨을 느낀다면 그걸로 된 걸까, 최근에는 그렇게 생각하고 있다.

그 누구도 사람이 늙고 쇠약해져가는 순리를 막을 수는 없다. 딸인 내가 할 수 있는 일은 어떤 치료를 받을지, 의사에게 제안받은 선택지 중에서 엄마를 대신해 결정해나가는 일뿐이다.

그런 엄마에게 아버지는 변함없이 계속해서 말을 건다.

"우리 얼른 집에 가세. 기다리고 있잖소."

아버지는 정말로 엄마가 집으로 돌아갈 수 있다고 생각하는 걸까. 나는 아버지의 속마음이 궁금하지만 무서워서 묻지 못한다. 아무래도 아버지는 아직 희망을 품고 있는 것 같다. 엄마가 다시 집으로 돌아와 아버지가 내린 커피를 둘이서 마실 수 있는 날이 오리라는 희망을….

아버지가 그렇게 믿고 싶다면, 그래도 괜찮다고 나는 생각한다. 만약 아버지의 희망이 끝내 이루어지지 않고 아버지 혼자 남겨진다면 그때는 내가 온 힘을 다해 아버지를 지키면 되니까. 엄마만큼은 도저히 할 수 없겠지만, 그래도 내 나름대로 아버지를 지탱할 각오가 되어 있다.

그때야말로 내가 구레로 돌아올 때다. 그것이 지금까지 좋아하는 일을 마음껏 하게 해준 아버지에 대한 최소한의 도리라고 생각한다.

그때는 "내가 돌아오는 게 좋겠죠?"라는 간사한 질문은 그만두고 분명하게 말하리라.

"아버지와 함께 있고 싶어서 구례로 돌아왔어요."

맞벌이하는 바쁜 부모를 대신해 나를 키워준 할머니는 부모와 같았다. 어쩌면 부모보다 더 끈끈한 유대로 오랜 시간 서로를 의지해왔다. 그런 할머니에게 치매는 어느 날 갑자기 찾아왔다. 건강했던 할머니가 수술로 인해 치매가 왔을 때의 충격은 이루 말할 수 없었다. 눈앞에 펼쳐진 믿고 싶지 않은 현실이 암담했다. 예고 없이 찾아온 변화는 가족들의 혼을 쏙 빼놓았다. 그렇게 정신없이 할머니를 간병하는 일상이 시작되었고, 프리랜서로 일을 하고 있어 가족들보다 상대적으로 자유로웠던 내가 자연히 그 중심이 되었다.

늙고 병든 부모의 모습을 마주하는 일은 먹먹한 서글픔의 파도를 온몸으로 맞아내는 일이었다. 내 할머니가 왜 이렇게 되었나, 너무도 달라진 할머니의 모습을 인정하지 못하는 데서 오는 슬픔이 나를 종종 괴롭혔고, 간병에 대한 기술적 요령 없이 마음만으로 모든 것을 감당하려고 애쓰다 보니 그 과정에서 겪는 시행착오와 스트레스로 자주 무너졌다. 키워준 은혜에 대한 당연한 보답이라 생각하며 호기롭게 시작했던 처음과는 달리 체력적으로도 정신적으로도 너무 고되어 몸과 마음은 지칠 대로 지쳐갔다. 매일같이 울컥했고 자주 울었다. 무기력에 지배돼 그 어떤 것에도 의욕을 느끼지 못했다. 한계 지점에 있었던 우리 가족은 그즈음 모두 상당한 우울증 상태에 놓여 있었다.

그렇게 내 밑바닥이 드러날 때쯤 이 책을 만났다. 정확히 할머니가 돌아가시기 2주 전이다. 진부한 표현이나 정말이지 운명이라고밖에 설명할 수 없었다. 아무도 알아주지 않는 내 고됨을 알아주는 것 같았다. 당사자가 느끼고 있을 불안과 두려움, 전문가가 필요한 이유, 자식을 챙기는 마음만은 여전히 남아 있다는 사실, 중심을 잃은 내가 놓치고 있던 부분들을 알려주었다. 원망으로 물들 뻔한 내 마음을 돌려주었다. 할머니가 죽음에 이르는 과정을 바로 곁에서 지켜보며 긴 이별을 할 수 있었던 건 정말로 신이 내게 베푼 친절이었음을 느끼게 해주었다.

할머니가 살아계실 때 이 책을 만날 수 있어 얼마나 다행이었는지 모른다. 그 고마움을 할머니에게 전하기에 2주는 턱없이 짧은 시간이었지만.

이 책은 오랜 시간 영상 디렉터로 살아온 작가 노부토모 나오코가 치매를 앓는 엄마와 그런 엄마를 돌보는 고령의 아버지의 모습을 기록해오며 딸로서, 그리고 디렉터의 관점으로 보고 느낀 감정들을 꾸밈없이 솔직하게 이야기하고 있다.

우연한 계기로 부모의 모습을 담은 영상이 방송 다큐멘터리로 제작되면서 호평을 받아 영화로 이어졌을 때 작가는 "치매니까 잘 부탁합니다"라는 엄마의 새해 인사를 제목으로 정했다. 평소 자학적인 유머를 좋아하고 유쾌했던 엄마다운 이 포부의 말보다 적합한 제목은 없다는 생각에서였다. 그만큼 엄마라는 사람과 치매라는 병을 잘 나타내는 영화였는데 이 책은 영화에 담지 못한 많은 모습들을 글로 꾹꾹 눌러 담은 것이다.

세 사람의 1200일을 기록한 영상이 2018년 영화로 개봉되었을 당시 18만 명이 넘는 관객 수를 동원하며 다큐멘터리 영화로는 큰 반응을 얻었다. 분명 영화관을 찾은 관객들은 스크린 너머로 자신의 부모, 그리고 자신의 미래를 겹쳐 보았으리라. 이 책을 읽으며 내가 그러했던 것처럼.

많은 관객들이 보내준 뜨거운 메시지에 기운과 격려를 얻은 작가가 깊이 공감한 한 관객의 말을 말미에 공유하였는데, 나는 이 관객의 한마디로 책 소개를 대신하고 싶다.

"간병은 부모가 목숨 걸고 해주는 마지막 육아다."

이보다 정확한 말이 있을까. 부모가 자신의 전부를 걸고서 자식이 인간으로 한 단계 더 성장할 수 있도록 해주는 마지막 육아. 작가에게 엄마가 그러했듯 나 역시 할머니를 돌본 그 시간이 할머니가 목숨 걸고 내게 해준 마지막 육아의 시간이었음을 깨달았다. 이것이 인생이다. 그러므로 우리는 부모의 삶과 죽음을 외면하지 않고 끝까지 지켜보아야 한다.

작가가 10년 가까이 기록하며 다다른 답이 그 힘을 줄 것이다. 같은 일을 경험한 어제의 독자에게는 '참 애썼다'는 진한 포옹을, 비슷한 일상을 보내고 있을 오늘의 독자에게는 '당신만 그런 게 아니다'는 따뜻한 위안을, 앞으로 마주하게 될 내일의 독자에게는 부모의 마지막 육아를 기꺼이 받아들일 수 있는 단단함과 함께.

작가의 어머니는 지난해 6월 남편과 딸의 감사 인사를 받으며 영면에 드셨다. 그해 11월 100세를 맞이한 아버지는 이렇게 오래 살지 몰랐다면서 이왕 이렇게 된 거 딸과 함께 조금 더 노력해보겠다는 다짐으로 성실한 매일을 보내고 계신다.

작가가 몸소 건네는 이 '부모의 마지막 육아서'가 예쁘지만 은 않은 인생을 끝까지 똑바로 보고 살아가도록 여러분의 등 을 다정히 밀어줄 것이다. 그 간절한 믿음을 담아 여러분의 두 손에 보낸다.

2021년 여름 안에서

최윤영

치매니까 잘 부탁합니다

2021년 8월 5일 초판 1쇄 인쇄
2021년 8월 17일 초판 1쇄 발행

지은이 | 노부토모 나오코
옮긴이 | 최윤영
발행인 | 윤호권, 박헌용
본부장 | 김경섭
책임편집 | 엄초롱

발행처 | (주)시공사
출판등록 | 1989년 5월 10일(제3-248호)

주소 | 서울시 성동구 상원1길 22, 7층(우편번호 04779)
전화 | 편집 (02)2046-2896 · 마케팅 (02)2046-2800
팩스 | 편집 · 마케팅 (02)585-1755
홈페이지 | www.sigongsa.com

ISBN 979-11-6579-633-4 03830